U0108154

麥 田 人 文

王德威／主編

Premières leçons sur La sociologie de Pierre Bourdieu by Patrice Bonnewitz
Copyright © Presses Universitaires de France, 1997
Chinese translation copyright © 2002 by Rye Field Publications,
a division of Cité Publishing Ltd.
Published by arrangement with Presses Universitaires de France
through Bardon-Chinese Media Agency
All Rights Reserved

麥田人文55

布赫迪厄社會學的第一課
Premières leçons sur La sociologie de Pierre Bourdieu

作　　　者／朋尼維茲（Patrice Bonnewitz）
譯　　　者／孫智綺
校 訂 者／林志明　尉遲秀
主　　編／王德威
責 任 編 輯／吳惠貞
發 行 人／涂玉雲
出　　　版／麥田出版
　　　　　　台北市信義路二段213號11樓
　　　　　　電話：02-23517776　傳真：02-23519179
發　　　行／城邦文化事業股份有限公司
　　　　　　台北市愛國東路100號1樓
　　　　　　電話：02-23965698　傳真：02-23570954
　　　　　　網址：www.cite.com.tw　E-mail：service@cite.com.tw
郵 撥 帳 號／18966004　城邦文化事業股份有限公司
香港發行所／城邦（香港）出版集團有限公司
　　　　　　香港北角英皇道310號雲華大廈4字樓504室
　　　　　　電話：25086231　傳真：25789337
馬新發行所／城邦（馬新）出版集團有限公司
　　　　　　Cite(M) Sdn. Bhd. (458372 U)
　　　　　　11, Jalan 30D/146, Desa Tasik, Sungai Besi,
　　　　　　57000 Kuala Lumpur, Malaysia
　　　　　　電話：603-9056 3833　傳真：603-9056 2833
　　　　　　E-mail: citekl@cite.com.tw.
電 腦 排 版／方圓工作室
初 版 一 刷／2002年2月
初 版 四 刷／2003年3月
售　　　價／220元
有著作權・翻印必究（Printed in Taiwan）
ISBN：957-469-921-8

Premières leçons sur
La sociologie de Pierre Bourdieu

布赫迪厄
社會學的第一課

朋尼維茲（Patrice Bonnewitz）◎著
孫智綺◎譯
黃厚銘◎導讀
林志明　尉遲秀◎校訂

目錄

導言

　　皮耶・布赫迪厄（Pierre Bourdieu）致力於科學問題
的革新已經有三十多年。做為一個社會學典範的創立
者，他的作品面向多元。他的分析廣為流傳；他的一些
著作甚至影響了好幾個世代的知識分子（他的重要著
作：《繼承者》〔Les Héritiers〕，《再生產》〔La
Reproduction〕，《區別》〔La Distinction〕），而他最近的一
本著作，《世界的悲慘》（〔La misère du monde〕）更是難
能可貴地以社會科學類著作而成為書店的暢銷書。

　　布赫迪厄之所以能在社會學領域占有如此的地位，
首先應該歸功於他對社會學發展至今的幾個大問題所給
予的原創性答案。何謂社會學？何謂社會？社會如何進
行再生產？或者，相反地，社會如何改變？個人的位置
在那裏？如同涂爾幹，布赫迪厄認為對人類社會的科學
認識是有可能的，而這必須從研究方法的特殊性上來著
手，而非研究對象的特殊性。如同馬克思，布赫迪厄認
為社會是由為奪取各種不同資源而彼此鬥爭的社會階級
所組成的，而權力關係及正統／非正統（主流／非主流）
的意義關係，可以用來維護或挑戰既有的社會秩序。如
同韋伯，他也認為必須考慮到個人為了賦予社會現實意

ask 這樣的再現是否意味著將來社会文化的互變而表現出符合期望的行為
或造成再製階段 表現出上一代階级但不被看的暴化? 信度

義而建構的再現（représentations）。但是布赫迪厄研究
方法的原創性，在於他能超越社會學傳統的二元對立
（主觀論／客觀論、象徵性／物質性、理論／實證、整
體論／個體論等對立），建立一個我們稱之為生成的結
構主義（structuralisme génétique）或建構主義方法論。

布赫迪厄的影響力也在於他對社會學的運用。受馬
克思主義傳統的影響，布赫迪厄透過宰制的概念來思考
社會。依照他的說法，從最枝微末節的日常行為裏，像
飲料的選擇、穿著品味的表達，都可以發現宰制關係的
存在。但宰制關係也表現在位於不同場域不同位置的社
會施為者（agents sociaux）所採行的策略上。因此，需
要社會學來客觀地呈現（客觀化）這些宰制關係，或
者，藉著提供被宰制者一套理論和實踐的工具，來揭露
宰制的機制及挑戰宰制的合法性。社會學也因而具有鮮
明的政治性格。以知識分子身分積極投入重大社會議題
的布赫迪厄，他的政治參與正是他對社會學的運用。這
些因素也使我們不難理解他所挑起的敵意。

　　要掌握本書的特殊性，最好先去理解布赫迪厄的特
點及影響其社會學方法和概念之歷史背景和理論背景

（第1和2章）。然後，試圖去了解他那些用來描述和解
釋社會運作邏輯和社會施為者之行動的主要概念（第3
和4章）。最後，他的假設和方法上的正確與否，可由
「皮耶‧布赫迪厄派」的作者們有關文化、學校或其他
主題之研究來加以驗證或修改（第4到7章）。

如何成為一個
「偉大的社會學家」?

同時扛起自己過去的包袱

　　當今的社會學教科書或多或少一定會談到布赫迪厄的研究方法。當然，布赫迪厄所占的重要性，依照每個教科書編者的理論取向而不同。但是不管是為了強調布赫迪厄的正確性，或為了揭發其理論的局限性，布赫迪厄都是以大師之尊出現。也因此，在法國中等教育經濟學和社會學的課程裏，他和托克維爾（Tocqueville）、馬克思、韋伯或涂爾幹具同等地位。但是布赫迪厄社會學的當紅，常讓人忽略其背後艱辛漫長的孕育過程。首先，布赫迪厄的社會學，有點像他自己的歷程，充滿了「斷裂」：與他自己出生背景的斷裂，與他原本所學的斷裂，及與學術主流派的斷裂。然後，他的社會學又集三個社會學創始者之大成。

一、傳記資料：個人歷程及社會背景

1. 布赫迪厄的學術生涯明顯地表現出從哲學到社會學的轉變

　　要為一個作者的傳記定位，不能只從其個人風格來看。尤其因為一方面，布赫迪厄的社會學是以慣習（habitus）做為個人和集體行為的基礎，而慣習則是在

<u>個人和集體的歷史中形成</u>；另一方面，社會科學的認識論牽涉到<u>對象化的主體之客觀化過程</u>，也就是說，同樣的科學原則不但適用於其任何的研究對象，亦適用於社會學者本身：

　　當我在我的寫作裏，提醒大家每個人的<u>社會出身</u>之重要性時，一定會有人對我個人的社會出身也感興趣，但我卻竭力迴避這些個人問題，以避免大家把我看成是個獨特的例子（即便是負面的特例），同時這也是為了維護我演講內容得來不易的自主性，使我的演講不受我這個個人的影響。但這並不表示說我這個個人可以不被客觀化（被客觀地呈現）。我和所有人一樣<u>可以被客觀化</u>，而且，如同其他人，我的品味愛好也和我在社會空間裏所占的<u>位置相符合</u>。我被社會歸類，我清楚地知道我在社會分類裏所占的位置。如果你們了解我的研究，你們就可以從對我所在的社會位置之了解和我對這個位置的描述，來了解我個人的特色。[1]

▶ 依此來看，傳記資料可以使我們了解幾個布赫迪厄的客觀特性。

皮耶・布赫迪厄於 1930 年生於法國庇里牛斯—大西洋省的東洎市（Denguin）。父親是公務員。他在 1962 年 11 月 2 日結婚，育有三子。布赫迪厄先後在波城（Pau）中學、大路易中學、巴黎大學文學院及高等師範學院受教。取得哲學教師資格以後，於 1955 年任教於慕蘭高中（lycée de Moulins）。接著，他在 1958 年到 1960 年間，曾任教於阿爾及爾大學文學院，1961 年到 1964 年，在法國里耳（Lille）任職，1964 年起，任教於高等社會科學院（EHESS）。1981 年，他正式成為法國學苑（Collège de France）社會學教授。他同時也是高等社會科學研究學院研究主任、歐洲社會學中心主任，並指導 1975 年創刊的《社會科學研究學報》（*Actes de la recherche en sciences sociales, ARSS*）。對於這些經歷，布赫迪厄寫下：

---

[1] P. Bourdieu avec L. J. D. Wacquant, *Réponses... Pour une anthropologie réflexive*, Paris, Le Seuil, 1992. p. 175-176.

不用說，改行到社會學和我本身的社會歷程有關。我大部分的年少時光，都在法國西南部一個偏僻的小村莊中度過。為了符合學院要求，我必須放棄許多個人的經驗及最早所學的東西，甚至我的口音……在法國，來自遠方省分，尤其是在羅亞爾河以南的省分，就會被蓋上類似於被殖民者處境的烙印，這種近乎中央殖民地方的主客觀上之外顯關係，讓法國社會中央機構（特別是知識界）可以占有某種特殊關係之便。這些或多或少的社會種族主義，很難不讓人從社會現實中覺醒。而我越常被提醒自己的怪異，便越容易去感受到別人所無法看到或感受到的。也可以說，我是一個背叛師範學院的師範學院產品。[2]

▶ 理論永遠不可能在社會真空中製造出來：理論必然是在問題架構成形的特定時空下產生的。

---

[2] P. Bourdieu avec L. J. D. Wacquant, *op. cit.*, p. 176-177 ; p. 181，這一段談論的是他的作品：《國家的貴族》（*La noblesse d'État*）。

　　因此，先來看布赫迪厄養成的時代背景中所發生的
幾件社會政治事件。國際上，一方面是五○年代史達林
主義的結束（史達林死於1953年）及冷戰的持續，資本
主義陣營和社會主義陣營在政治上和意識形態上的對
立；另一方面，到了六○年代，民族主義高漲造成一場
廣泛的殖民地解放運動。在法國國內，則進入了「光輝
的三十年」，這是一個經濟繁榮的時期，大量生產及大
眾消費改善了生活水平，一些分析家因而預測法國將出
現社會的「中產化」及工人階級的布爾喬亞化。

　　再來看這個時期的主流學術思潮。在哲學上，五○
年代主流的哲學方法論是現象學。這種主觀主義哲學，
把在主體意識中產生的現象，視為唯一可被認知的現
實。這個潮流的代表人物是哲學家胡賽爾（Husserl,
1859-1938），其他或多或少也算是現象學派的作者，還
有海德格（Heiddeger, 1889-1976）、沙特（Sartre, 1905-
1980）、梅洛龐蒂（Merleau-Ponty, 1908-1961）。本質主
義（essentialisme）也是現象學的一個版本：它是從本
質、永恆的性質及不變的內涵這些角度，來看人類社
會。

　　與此同時，**結構主義**大放異彩。大致上而言，它是從結構出發，試圖科學地解釋人類社會。結構是由形成系統之元素所構成的一個整體：元素間相互依賴而成為一有組織的整體，只要其中一元素變動，其他元素亦跟著變動。這個概念也被應用在許多領域中：像索緒爾（Saussure）的語言學、李維史陀（Lévi-Strauss）的人類學、阿圖塞（Althusser）的哲學。結構主義是屬於一種客觀主義觀點，因為結構被認為是客觀地存在的現實，其運作邏輯是從外強加於社會施為者身上，而社會施為者越是沒有意識到結構的存在，越會對其拳拳服膺。因此，任何一種言語的溝通，必須要有一定的句法結構，就好像所有的婚姻，必然受制於親屬關係結構。

　　這個時期，**馬克思主義**仍然非常強勢。在法國，沙特的存在主義就證實了這一點。沙特雖然不能算是馬克思主義者，卻以馬克思主義的同路人自居，在當時，馬克思主義還被認為是無可替代的思想。沙特一方面與馬克思主義裏機械的化約論劃清界限，一方面試圖建構一種存在主義的馬克思主義。他肯定存在先於本質，他認為，是人透過自己的行動，在其複雜多元的社會經驗之

下，自由地創造了自己。從五○年代末期開始，他的方法越來越被證明是行不通。反之，在結構主義的反撲下，反倒是激發了結構主義和馬克思主義相結合的企圖。阿圖塞就提出一種結構主義的馬克思主義，並試圖證實馬克思著作的科學性。他認為，研究資本主義體制的《資本論》，其目標在於針對所有的社會建構及生產模式，設計出一門科學的基礎概念。

▶ **布赫迪厄早期的研究屬於人類學的範圍**，但是並非傳統的結構主義。

誠然，結構主義給布赫迪厄許多思考上新的刺激。但是，布赫迪厄的分析在擷取了結構主義的原則之餘，同時也不忘對其加以批判。布赫迪厄從結構主義中，抓到一個重要的直覺：要了解社會現象，必須掌握個人之間和階級之間的關係系統。他用兩種方式來批判和修正結構主義：他指責結構主義忽略了社會施為者賦予其行動的意義，根據布赫迪厄的說法，社會施為者所賦予的意義實際上指導著其行動；除了結構主義原先就有的規則的概念，他又加上了策略的概念：社會施為者有能力

　　去面對事前未預料到且不斷更新的狀況；而且，在不同的社會場域裏，社會施為者知道調整目標和手段來獲取稀有資源。

　　他在阿爾及利亞做的一些研究，就融合了這兩點分析。1972年，他出版《一個實踐理論的概論》（*Esquisse d'une théorie de la pratique*）[3]，在這本著作裏，他仔細地分析像挑戰、親屬關係和卡比爾族（Kabyle；註：指居住在阿爾及利亞的柏柏人）家庭等社會現象。他直指某些結構主義分析上的錯誤，像堂兄妹通婚，布赫迪厄認為，事實上是特例而非常態，而這與李維史陀發展的論述剛好相反。

　　因此，從哲學訓練轉到人類學的布赫迪厄，漸漸地發現自己應該成為社會學家，而這整個過程並非沒有斷裂。

　　　我曾經認為自己是個哲學家，我花了好長一段時間才承認自己早已是民族誌學者。[4]

[3] P. Bourdieu, *Esquisse d'une théorie de la pratique*, précédée de *Trois études d'ethnologie kabyle*, Genève, Librairie Droz, 1972.

> 我在社會學上和民族誌學上所做的，可以說是違
反我所學的，但同時又歸功於我所學的⋯⋯我只想
說，我必須一方面放棄在師範學院學生時代對哲學
家所要求的理論上的高遠企圖心，但同時又利用我
所學的，特別是利用我那些哲學訓練。在我的學生
時代，成績優異者，是不會去碰那些社會學者日常
所從事的庸俗乏味之工作：社會科學之所以困難，
是有其社會因素：社會學家必須在街頭拋頭露面，
向路人不恥下問求教學習，並耐心聽之。[5]

2. 布赫迪厄的研究方法，開創了一個「社會學流派」

▶ 要了解其影響力，必須先知道，社會學並非是一
門統一的學科。事實上，社會學因對社會及對個人的定
義不同，而分裂為許多對立的派別。要去理解當代社會
學方法論上的多元化，並進一步為這些不同學派分類，
具有雙重的困難。一方面，就像所有的分類，必然會把

---

[4] P. Bourdieu, *Choses dites*, Paris, Les Éditions de Minuit, 1987, p. 16-17.

[5] P. Bourdieu avec L. J. D. Wacquant, *op. cit.*, 1992, p. 176.

某一狀況固定化，把沒辦法被歸類者棄之不顧，因此分類很難不流於專斷。另一方面，許多橫跨兩個類型的例子也常被棄之不顧；然而，在社會學界，許多社會學家在分析時，時常會引用、甚至結合不同學派的概念。

雖然有這種種的限制，我們還是可以概略地將法國當今的社會學區分為四大流派：

── 方法論上的個人主義或布東（Raymond Boudon）的功利主義：該派預設任何一個社會現象都是個人行動加總的結果。這些行動的邏輯，必須從行動者的理性中尋找，這裏的理性，是近乎新古典經濟學派意義下的理性。

── 廓集耶（Michel Crozier）的策略學派：主要是在分析組織內（企業或行政機關）的權力關係。廓集耶指出，有限理性的社會行動者，在組織內所擁有的相對自由，是其權力的來源。

── 行動社會學或杜漢（Alain Touraine）的行動主義：主要在分析社會運動及社會運動在社會轉變中所扮演的角色。

── 生成的結構主義或布赫迪厄的批判結構主義，布赫

迪厄對此派的定義如下：

> 如果一定要說我是什麼主義（…）我會說我所試
> 圖構思的，是一種生成的結構主義：客觀結構——
> 不同場域的結構——的分析是和生物性的個人的心
> 智結構（心智結構有一部分是社會結構內化的產品）
> 之生成的分析分不開的，也和這些社會結構本身之
> 生成的分析是分不開的。[6]

布赫迪厄也提及建構主義的結構主義。

> 如果我必須用簡單的一兩句話來描述我研究方法
> 的特色……我會說是一種**建構主義的結構**主義或**結**
> **構主義的建構**主義，我所定義的結構主義，和索緒
> 爾或李維史陀傳統下的結構主義不同，我指的是，
> 不僅僅在象徵系統裏的語言及神話等，而且是在整
> 個人類社會裏，都存在有獨立於社會施為者意識及

[6] P. Bourdieu, *Choses dites, op. cit.*, p. 24.

意志之外的客觀結構，這些結構可以引導甚至約制社會施為者的行動或其再現（représentations）。而我所謂的建構主義，一方面是指認知、思想和行動圖式（schèmes）的社會生成，另一方面則存在著社會結構。[7]

　　但是，布赫迪厄所代表的這個社會學流派，其影響力已經改變了。一直到八〇年代初期，它似乎還占主流地位，布赫迪厄獲得法國學苑聘任一事，不只證明他的被肯定，也是他個人學術成就上的頂點。但是整個八〇年代還見證了方法論上的個體論及行動者理論的反撲。至於九〇年代前半期，受到美國影響的俗民方法學亦大行其道，此學派的研究重心，著重在一個社會當中之成員的一般認識，及他們在日常生活中動用的慣例及認知。就方法論而言，這兩派因無視客觀結構的存在，而和布赫迪厄大異其趣。

[7] *Ibid.*, p.147.

布赫迪厄
社會學的第一課

▶ 布赫迪厄的著作所探詢的面向廣大而複雜,但仍以建立一個真正的人類學為基礎。

瀏覽一下布赫迪厄的著作或文章,就會發現**他的研究面向多而龐雜**。其研究主題從農民、藝術、失業、學校、法律、科學、文學到親屬關係、階級、宗教、政治、運動、語言、知識分子及國家的分析,乍看之下,似乎雜亂無章。尤其他的寫作很難列入傳統學院式的學科分類,很難放入那些給學生用的教科書所用的分類:像政治社會學、家庭社會學、教育社會學等分類。

但是,實際上,在雜亂的表面之下,隱藏著**協調一致的問題架構及不懈的科學精神**:使社會學成為一門真正的科學,藉此找回人類實踐的共同基礎。與此相應的是,他認為社會學的瑣碎化及學者過度的專業化,都有害於社會學的積累。這些專斷的學術分類,只會造成不具生產性的學科壁壘。簡而言之,他的貢獻主要是圍繞在兩個不斷出現的主題:宰制的機制,以及在不平等、充滿衝突的社會空間裏,社會施為者實踐的邏輯。他的每一篇著作,都在補充、深入說明這些問題。他和他在《社會科學研究學報》的合作者的貢獻亦是如此。

二、理論系譜

一個理論的構思及新概念的建立,不只是受到作者的時代背景影響,也受到先前的社會學研究成果之左右。**研究並非在理論的空無中進行,必須藉助於能啟發我們的前輩之科學研究**。因此,除了之前第一部分提到過的哲學及結構主義批判,在此還需加上三個社會學創始者的思想:馬克思、韋伯及涂爾幹。布赫迪厄汲取他們的研究方法及概念,同時也試著賦予他們新的定義,並超越之:

> 對我來說,我和他們的關係是非常實際的:我求助於這些前輩,就好像我求助於我的同伴,這種關係就有點像在傳統手工業裏,碰到困難時,有些老前輩可以拉一把⋯⋯馬克思、韋伯及涂爾幹這些創始者,讓我們在組織我們的理論空間和認識這一個空間時,能有所依據。[8]

---

8 *Ibid.*, p.39-40, 42.

1. 布赫迪厄重新定義從馬克思（1818-1883）借來的概念

▶ 馬克思的社會學，是以幾個中心概念為基礎，要了解布赫迪厄研究的特殊性，不能不先看這幾個中心概念。[9]

馬克思認為，資本主義的生產模式，是建基於階級鬥爭的生產關係上，階級鬥爭是擁有生產工具的資產階級與只能出賣其勞動力的無產階級間的對立所造成。資產階級剝削無產階級，榨取其剩餘價值或剩餘勞動。資產階級在經濟上、政治上、社會上，甚至意識形態上，都宰制著無產階級。做為上層結構的意識形態，被認為是為資產階級利益服務而扭曲現實的反映。意識形態將導致一種「錯誤的意識」：接受資產階級錯誤之世界觀的無產階級，因而參與了對自身階級的剝削。但是，無產階級終究會意識到自己的被剝削，到時，將爆發一場推翻資產階級的革命。這就是從「自在階級」（在生產關係中占有同一位置之個體集合）到「自為階級」（因

---

[9] 相關概述，參見 J.-C. Drouin, *Les grands auteurs en sciences économiques et sociales*, Paris, PUF, 1996, p. 35-46。

意識到自己的利益而動員的階級）之轉變。

　　這種社會階級研究方法可以被定義為實在論
（l'approche réaliste），**剛好與唯名論**（l'approche nominaliste）
的方法相反。前者的研究方法，是直接去理解獨立於思
想之外的社會現實。因此，社會群體組成實存的集體單
位，而且有其特定的存在方式；群體裏的成員間維持著
某種直接或間接的關係，且有一定程度的集體歸屬感
（階級意識）。與此相反的是唯名論的方法論，依照唯名
論的想法，我們所使用的分類，並非從現實中得來，而
是觀察者偶然的創造。依照這種方法，在談到社會階層
時，一個局外的觀察者可以依人的某些共同特性來為每
個人分類。這些擁有某些特性的個人被加總後，就成為
一個社會範疇，**但是個人的加總並不形成一個集體**。

▶ **布赫迪厄修改馬克思的論述**。
　　布赫迪厄與馬克思主義的關係十分複雜。布赫迪厄
向來拒絕公開承認是馬克思主義的信徒，但他卻清楚地
是師承涂爾幹。他的著作並不走馬克思思想所規劃的正
途，而是挑正統馬克思主義者視為次要的領域來研究

（如文化研究）。此外，布赫迪厄拒絕因為政治行動而扭曲社會學研究（即使他以身為公民而公開參與公共事務，第2章將介紹此點）。最後，他的象徵宰制理論，在革命預言瓦解之後，仍繼續存活下來，證明其社會學能在正統馬克思主義者所不熟悉的土壤上開花結果。

　　然而，布赫迪厄的社會學和馬克思主義卻有緊密的關係。一方面，兩者都從現實的宰制關係來看社會秩序。兩者都認為，不凸顯階級的對立關係，就無法清楚地理解人類社會：社會現實是由歷史上相互鬥爭的階級之間的權力關係所形成。另外一方面，我們將在第2章中看到，布赫迪厄的社會學背負著批評的使命，因此有其政治上的作用：文化批判（第5章）、學校批判（第6章），以及更廣泛地說，對自由主義民主及其迷思的批判（第7章）。

　　但是，在社會階級的定義上及宰制機制的解釋上，布赫迪厄的分析仍可看出他對傳統馬克思主義的質疑和決裂。

　　　　要建構一個社會空間理論，在許多方面，必須先

和馬克思主義決裂。馬克思主義的重本質（這裏指的是那些我們自以為可以用數目、範圍及成員等來定義社會群體的本質）輕關係；馬克思主義的知識分子傾向（把由知識分子所形成的理論上的階級，視為一個實際上已經被動員起來的社會階級）；馬克思主義的經濟至上論（把多元化的社會場域簡化到只剩下一個經濟場域，只剩下經濟生產關係及由此生產關係而來的社會地位）；以及馬克思主義的客觀主義（與知識分子主義互補的客觀主義，輕忽在不同場域裏進行的象徵鬥爭——即以世界的再現為鬥爭焦點的意識形態鬥爭——尤其是忽視了在每個場域裏及不同場域之間所存在的上下層級關係），我們必須與這些傾向決裂……馬克思階級理論的不足，及其對客觀存在的不同場域的缺乏理解，來自於馬克思理論的經濟化約論（把人類社會簡化為一個經濟場域），使得馬克思只能從處於經濟生產關係中的位置來定義社會位置（地位），與此同時，馬克思理論也一併忽視了在每個場域、次場域中，尤其是文化生產關係中的各個社會位置，

更忽略了構成社會場域的所有對立關係（這些對立關係不能被化約為資產階級和無產階級間為經濟生產工具而對立的鬥爭）。在馬克思理論下，人類社會是只有兩個集團對立的單面向社會。[10]

在此要強調布赫迪厄批判的兩個面向。首先，布赫迪厄藉區分客觀存在的階級和被動員的階級，**來超越唯名論／實在論非此即彼的二選一難題**。客觀存在的階級指的是處於所有同樣生活條件的個人，因其特有的生活方式，使他們產生類似的行為模式。他們在財產上、權力上和階級習慣上等，擁有一組共同的特徵。被動員的階級，可以說是組織起來、為某一共同目標而動員的客觀存在階級。但是要從學者在紙上構想出來的客觀存在的階級，轉變為「上街頭」的被動員的階級，這個過程並非如馬克思主義者所以為的是自然形成且不可避免的；實際上正好相反，依照布赫迪厄的說法，必須要有刻意的動員過程，才能使這樣的團體存在。

[10] P. Bourdieu, Espace social et genèse des《classes》, *Actes de la recherche en sciences sociales*, n° 52/53, 1984, p. 3 et 9.

其次，與馬克思主義最大不同之處（這一點使得我們無法將布赫迪厄的分析歸類為馬克思主義），在於布赫迪厄對意義關係、對象徵性財貨及階級關係中的象徵性宰制的重視。從布赫迪厄把所有的社會建構大略地定義為階級間或團體間的權力關係以及意義關係之系統，就可以看出他那種著重象徵宰制關係下的階級定義，與馬克思主義只重社會經濟概念下的階級定義，兩者間的決裂。階級鬥爭的概念，被布赫迪厄延伸到以歸類為形式的象徵性鬥爭裏，這一點，我們將在第5章中談論。

依照布赫迪厄的說法，

> 馬克思把社會世界的主觀真實排除在他的分析模式之外，相對於此，他提出權力關係構成的客觀真實。然而，如果世界被化約為世界中的權力關係的真實，如果它不是在某種程度上，被承認為合法的，那就行不通了。社會世界在主觀再現中的合法性，乃是世界完整真實中的一部分。[11]

[11] P. Bourdieu, *Questions de sociologie*, Paris, Les Éditions de Minuit, 1980, p. 25.

　　依此來看，布赫迪厄的研究方法，是把韋伯所用的一些方法，融入他的分析當中。

2. 從韋伯（1864-1920）身上，布赫迪厄主要是吸取了社會學分析裏有關再現（représentations）的角色，及合法性的概念。

　　▶ 韋伯認為，要理解社會行動，必須從個人對其行動所賦予的意義著手，從這點來看，韋伯的方法是與純粹自然主義或客觀主義的解釋相對立，可以說韋伯創立了理解的社會學（la sociologie compréhensive）。對韋伯來說，人的活動是受到某種意義所引導，只有理解了意義以後，才能掌握其活動。人類行為的特殊之處，在於其可以用令人可以理解的方式來詮釋。依此可導出社會學的定義：「我們所謂的『社會學』……是企圖透過詮釋而去理解社會活動，進而解釋其因果關連的一門學科。我們所謂的『活動』，是指人的行為……而且只有在社會施為者賦予此一行為一個主觀意義的情況之下。而我們所謂的『社會活動』，是指依照社會施為者所追求的意義，而和其他人的行為發生關連的活動，且與其他人的互動亦會影響活動的進展。」這個定義強調了象徵

（意義）在解釋社會現象上的重要性，布赫迪厄又更進
一步推展了這一主題。

▸ 在韋伯的問題架構裏，最主要的是**合法性的概
念**。這個概念使我們能夠理解為什麼政治權威的延續，
是可以不必訴諸武力的。其關鍵在於合法性的存在，因
為一般來說，擁有合法性，就意味著能被社會成員接受
和認可。接著，韋伯又區分了三種類型的合法性：傳統
的合法性、領袖魅力的合法性、法定的―理性的合法
性。[12] 而布赫迪厄則是試圖找出能讓被宰制者接受宰制
的機制――不管是哪一類型的宰制――以及為什麼被宰
制者會同意被宰制，甚至和宰制者站在一起擁護現狀。
除了擁有合法性是毫無疑問的前提條件之外，布赫迪厄
更關心的是合法化的過程，這牽涉到社會行動者如何建
立其合法性，以使他人承認其能力、地位或其擁有的權
力。由此繼而產生合法文化之任意性的問題（參見第6
章）。

[12] 相關概述，參見 J.-C. Drouin, *op. cit.*, p. 94-96。

3. 涂爾幹（1858-1917）對布赫迪厄的重大貢獻

　　布赫迪厄得自於涂爾幹傳統的，並不是涂爾幹的「整合」或「脫序」等特定的問題，而是他的社會學精神和概念。布赫迪厄重振涂爾幹的雄心大志，要把社會學建構成一門科學，依循一定的方法和步驟。要理解涂爾幹對布赫迪厄這方面的影響，在此必須提出**涂爾幹研究方法的主要特性**。對涂爾幹來說，社會學是對社會事實的研究。但是涂爾幹的獨創性，在於他對社會事實的定義：社會事實指的是，所有對個人構成外來束縛的固定或不固定作為。社會學的目標，在於指明這些外來束縛，以解釋人的行為；這樣的方法論，一下子就表明是屬於一種整體論（holiste，源自希臘文 holos，「形成一個整體的全部」）。此外，社會學本身指的就是一種特殊的**方法**，如同涂爾幹 1895 年出版的《社會學方法之規則》（*Les règles de la méthode sociologique*）這本書書名所強調的。涂爾幹其他的論述當中，有兩點最重要。

　　第一點是，「**必須把社會事實當成事物一般的存在**」，也就是說，必須從外面（如同一個局外的觀察者）來研究社會事實，和觀察一個物理現象的物理學家一樣

地保持一定的觀察距離。為維持這個客觀性，必須排除塗爾幹所謂的對自己行為的預設概念或再現，及賦予自己行動的那些意義。這個方法稱之為實證主義的（positiviste），是把自然科學中所使用的科學步驟用於社會科學當中的一派方法論。實證主義方法論只分析從外部觀察得到的社會事實。這也意味著客觀世界（與事實有關的領域）與主觀世界（與意識、價值判斷和直覺有關的領域）間的斷裂。

第二點是，塗爾幹強調只有社會事實可以用來解釋社會事實：「一個社會事實發生的決定性因素，必須從之前的其他社會事實中來尋找，而不是從個人的主觀意識中來尋找。」換句話說，要解釋一個行為，必須從施加於個人的外部約束來著手，而不是去訴諸於生物本性（本能、遺傳等）或心理因素（情結、挫折等）。在實際操作上，塗爾幹提出基於「同樣的因總是產生同樣的果」的比較方法，研究變數之間統計上的相關性，以便針對被觀察之社會事實，得出一些可預測性的法則。這個也被稱之為客觀主義的方法論，目標在找出社會事實運作的客觀法則，換句話說，客觀法則的存在，表示在社會

或生活表面的混亂下，仍有一定的秩序。布赫迪厄也和
涂爾幹一樣擁有這種追求規律性的企圖心，只是布赫迪
厄還會試圖去避開絕對的實證主義和永恆的普遍性這兩
個陷阱。

　　布赫迪厄的形成過程，如果有什麼值得我們記取的
特色，那就是他所受到的影響相當多樣。這一切就好像
他邁向社會學的過程，是一個充滿對哲學理論的不滿而
逐漸造成的結果。但是他的著作也是對傳統的人類學及
社會學提問之再批判。也因為布赫迪厄有這種決裂和超
越的決心，才能產生他的「生成的結構主義」。他的學
派不但被證實具有創新力，而且從某些方面來看，甚至
是挑釁意味十足。也因此，他的社會學才會讓人這麼不
安。

第 2 章

如何堅守社會學者之崗位？

同時又敢於批判

布赫迪厄
社會學的第一課

　　自從社會學成為一門獨立的學科以來，就一直備受
批評。這是因為社會學毅然決然地採取決裂的態度：和
其他也自命要研究社會的學科決裂，和一般常識決裂，
和不願被客觀研究的組織機構決裂。極權主義政權總是
打壓甚至禁止獨立的社會學研究，只容忍官方版本的存
在。即使是在民主如法國的國家，布赫迪厄的社會學也
常讓人不安。一方面是因為他所使用的方法，使社會施
為者的行動被客觀化，使他們看清自己行為、再現及言
說背後的社會因素。再加上布赫迪厄以批評所有的宰制
機制為己任。

一、社會學研究方法

　　1968 年，布赫迪厄和廈波賀東（Jean-Claude
Chamboredon）及巴斯洪（Jean-Claude Passeron）合著的
《社會學家的技藝》（ *Le métier de sociologue* ）第一次出
版，在這本書裏，布赫迪厄提出科學研究方法的原則，
指出一方面要打破一般常識，另一方面要建構社會事
實。

1. 一般常識背後所隱藏的危險性，解釋了打破常識的必要性

▶ 所謂的常識是指，在一個社會或社群當中，那些被正常理性的人所接受的意見或信仰。常識，相當於涂爾幹所提到的「預設的概念」，且主要是由再現（représentations）構成。再現的內涵是多重的，包括了理解世界的模式、行為的動機及準則，它是對實際經驗的分析，也是一種價值判斷或教條；當再現被有系統地組織起來（至少是形式上），並以影響現實為目的，這時它就變成一種意識形態。所有的人自然而然都會有一套對周遭現實的特定再現，它為我們所觀察到的事實，提供一個可接受的及適當的解釋。它讓我們在日常社會生活中，有一個方向和標準，讓我們覺得能夠理解我們所生存的環境。從這個意義上來看，它是社會生活中所不可或缺的。

因此，在平時和一個陌生人互動時，我們會用一大套再現來判斷這個人：從外觀可以判斷其年齡，從衣著可以判斷其社會背景，從遣辭用字及腔調可以判斷其生長的地理環境背景等。宗教系統、政治意識形態、科學的建構等再現的系統，也都或多或少形塑了我們對這個

布赫迪厄
社會學的第一課

世界的概念，只是所有這些再現的系統不但會隨著時空
而改變，也隨著個人及社會團體的不同而改變。

　　▶ **但這種常識卻有其危險性**。一些老生常譚，對社
會現實先入為主的觀念，都是進入科學殿堂的絆腳石。
涂爾幹早就提醒我們當心那些對社會現實錯誤理解的
「明顯的事實」。因此，像許多人還堅信自殺是心理問題
或個人的自殺傾向造成的；配偶的選擇是自由戀愛的結
果；犯罪的人擁有特殊的性格，或他們的行為是先天基
因造成的等。這些都是所謂的「自發式的社會學」的幾
個例子。與「科學的社會學」相反的「自發式的社會
學」，是建基在每個人自己的認知範疇上，而且是用日常
的語彙表達出來。而真正「科學的社會學」，是用無涉
個人主觀判斷的客觀變數來做為解釋的基礎。因此，社
會學家的首要任務，就是要擺脫這些先入為主的觀點。

　　打破常識有其雙重必要性：一方面是基於前文提到
的理由──關於常識的認知範疇之建構方式；另一方面
則是因為其對社會現象所提供的不科學的解釋。

　　我們用來描述社會或行動及再現的認知範疇，是社

會的、而非個人自創的產品。我們必須了解這個社會的產物是如何建構出來的。組織機構——可能是彼此之間相互競爭的——可以幫助創造或修改我們的認知範疇；這種主流價值觀的建立，牽涉到利益的鬥爭。國家比其他機構更擁有主導的優勢：國家創造的規範，不論是在立法上或行政上，提供了我們對社會現實的認知圖式及新術語。這些認知圖式及新詞，在不知不覺間進入我們日常生活的用語當中，成為明顯的事實。因此，我們平常使用的語言，從社會學的角度來看，並非中立的。在字彙與文法的背後，是一套對世界的價值觀。

去問任何一個人其行為的意義，他們一定會有一套可以「自圓其說的理由」。但是社會學家對這些個人的看法必須非常小心。這些看法不必然是錯誤的，但總是不完整的。這是因為個人的看法受限於其社會背景的緣故。因此，就某一特定的行為而言，個人看法隨其年齡、性別、婚姻狀況及職業的不同而有所不同。之所以要打破預設的概念，就是因為個人在解釋其行為的時候，並沒有意識到影響他們看法的種種社會因素。這就是所謂的無意識原則。因此：

　　　即使是最個人最透明化的行動，也並非是行動主
　　體自己可以解釋的，而是必須從行動產生所依賴的
　　整個關係網絡中來解釋。[1]

　　布赫迪厄的這種說法令人不安。這表示我們不但不
能相信行動者自己的說法，因為他們的見證並不客觀，
而且對一個社會現象的真實面也不能從行動者個人的反
應、看法或感覺來理解。拿個人擇偶的例子來說：如果
我們問一對夫妻他們相互吸引的原因，他們大部分會從
個人主觀的角度來解釋：如外貌姣好、雙方的個性相
和，或彼此相愛。之所以會相遇，是因為有緣或來電。
這些都是不客觀的看法。事實上，這些看法反應的是其
充滿預設成見的再現，使他們從流行的心理學常識來解
釋其行為。然而，這種觀點掩蓋了決定彼此相遇的社會
因素；這種解釋無法讓我們理解為什麼高級主管的兒子
永遠不會愛上農村雇工的女兒！所有的社會學研究都指
出門當戶對才是社會常態：換句話說，我們擇偶的對象

---

[1] P. Bourdieu, J.-C. Chamboredon, J.-C. Passeron, *Le métier de sociologue*,
　Paris, Mouton-Bordas, 1968, p. 32.

通常是社會背景相近的人。

社會學的解釋恰恰相反於用欲望或心理動機來解釋行為的一般看法。所以我們可以理解社會學所引起的敵對反應。社會學藉著揭露影響個人行為的社會因素，而和理性的人道主義哲學——視人為天生理性且能完全掌握自己的命運之哲學——背道而馳。

▶ 為了要打破常識，社會學者會碰到另外一個困難：他本身也是處於社會之中。

身為社會的一員，社會學者無法逃離社會的約束和限制。為了避免使他的科學研究在無意識中，受到他自己社會位置的影響，他必須格外地提高警覺。他必須有意識地避開「階級中心主義」，也就是說，要避開在無意識之中，依照自己所屬之階級的價值及行為規則來判斷所有的人或團體。社會學者要特別記得，依照觀察者所處的社會位置，會側重或忽視事實的某些面向，或甚至完全沒意識到另一些面向：

社會學者的特點在於他是以鬥爭的場域為研究的

目標：不只是<u>階級</u>鬥爭的場域，而且還包括<u>學術鬥</u>爭的這個場域。社會學者在這些鬥爭中也占了一個位置，首先，在階級鬥爭中，社會學者在經濟上及文化上擁有特定的資本。然後是在文化生產的場域裏，或更精確地說，在社會學這個次領域裏，社會學者以學者身分也擁有特定的資本。因此，對這個社會事實，也就是說，他的所見所聞，所作所為──包括他所選的研究主題──都<u>來自於其所處的</u><u>社會位置</u>，這些，他必須時時謹記在心……事實上，我覺得在社會學上所發生的錯誤，十之八九來自對研究對象的「<u>鬆懈</u>」。或者應該說，完全無知於這個事實：<u>對研究對象的觀察，是來自於觀察者</u><u>所在之社會上及學術上的位置</u>。有兩個主要的因素，決定我們建立事實的成功機會，這兩者都牽涉到所處之社會位置：是否願意去了解並使人了解事實（或相反地，隱藏事實或自我蒙蔽）；及是否有能力建立事實。[2]

2 P. Bourdieu, *Questions de sociologie, op. cit.*, p. 22.

　　因此，所有的社會學研究，都有其認識論上的思考，也就是說，對其學科的原理原則、假設及結果之批判，以確立其邏輯的根源、價值及他們所認定的適用範圍。這種認識論上的警覺，對社會學者很重要，尤其當他們研究的是他們自己的場域：學術（科學）生產的場域，或者更精確地說，大學這個圈子。因此，在《學院人》（*Homo academicus*）一書裏，布赫迪厄寫到：

> 　　以我們所身處的社會為研究的對象，以誇張一點的形式來看，使我們必然會面臨到認識論上一些基本的問題，這些問題牽涉到如何掌握實踐知識與學術知識的分際，特別是也涉及如何與自身經驗及由此而得以重建的客觀知識劃清界限的難題。不論是距離太近或太遠，都會阻礙學術知識的建立……[3]

　　因此，對認識論上的反思，成為必要的先決條件。從這個意義上來看，布赫迪厄是在積極推動一種社會學

---

[3] P. Bourdieu, *Homo academicus*, Paris, Les Éditions de Minuit, 1984, p. 11.

布赫迪厄
社會學的第一課

的社會學，以便使社會學成為一門真正的科學。

2. 社會學的方法預設了<u>社會事實是建構出來的</u>

▶ 一門學科，只有在與傳統研究方法決裂以後，才能達成這個目的。

　　首先，針對同一研究對象——社會裏的人，社會學必須**擺脫其他研究方法的影響**。同時也必須再次確認<u>涂爾幹的原則</u>，也就是「<u>用社會解釋社會</u>」，而不用其他非社會的方法來解釋。非社會的方法包括：哲學，尤其是社會哲學，其超越時空放諸四海皆準的概念，是社會學所要批評的；心理學，這種分析方式完全忽略了心理結構其實是社會結構內化的結果；經濟學，在分析社會運作時，經濟所占的角色，並非如<u>自由學派</u>或馬克思學派所認為的那麼重要；法學及政治學，太強調國家做為調節控制的機制，可以毫無限制地強制個人行為。這些都是社會學所要批評的。

　　接下來，**社會學必須被確立為一門科學的學科**。社會學或許沒有特定的研究對象，但卻有一定的研究步驟、觀點及推論的方式。然而，還是有許多人批評社會

學並不是科學。這是因為他們狹隘地認為只有自然科學
是科學。依照他們所認定科學的特徵，如有系統地組織
起來且可以移轉的知識、嚴謹的形式、法則的建立或預
測的能力等，社會學似乎很難被視為科學。但是如果我
們把社會學定義為依照客觀的方法，試圖對社會事實建
立一套可以被經驗證實或駁斥的命題，那麼，問題就不
存在了，或至少這些問題就不屬於科學的範疇：

> 社會學似乎擁有所有科學的特徵……所有被公認
> 的社會學家，都一致認可社會學過去所累積的成
> 果、概念、方法及驗證的步驟……如果還是有人質
> 疑社會學的科學性，那是因為社會學讓人不安……
> 非常不幸地，社會學時常被人挑戰其科學性。沒有
> 人對歷史學或民族誌學的科學性要求那麼嚴格，更
> 別提其他像地理學、哲學或考古學。社會學有一套
> 有系統的假設、概念、驗證方法，這些都符合我們
> 一般所認定的科學。結果，為什麼不說社會學就是
> 一門科學呢？因為這牽涉到利益上的衝突：擺脫騷
> 擾人的事實的方法之一，就是把它說成是不科學

的，這等於說它是政治性的，是利益或情緒所引起
的，所以是不完全的，是可以不必那麼嚴肅地看待
它。4

▶ **社會學事實之建構，分為幾個不同的階段。**

如同其他社會學者，布赫迪厄認為社會事實是被建
構出來的、被獲取的、被證明出來的。建構研究對象就
是從現實世界中切割出一個區塊，也就是說，在這個多
面、複雜的現實世界裏，挑選出某些因素，並且在現實
世界的表象背後，找出專屬於這些因素的一套關係系
統。因此，科學研究的對象，並不是一開始就是如此。
從社會事實到社會學事實，必須經過一定的科學步驟，
這個過程，為了解說方便，可以分為幾個不同的階段來
看。但是要注意的是，研究工作並不是一種直線性的單
向作業：研究的過程當中，問題架構可能會改向，假設
會被修正，變數也可能重新被考慮。

為了避免學術圈外的社會施為者所表達的社會問題

4 P. Bourdieu, *Questions de sociologie, op. cit.*, p. 19-21.

強加到社會學者身上，<u>社會學者必須先清楚地定義出他的問題架構</u>。當然，這並不表示要去否認一般大眾對某個構成社會問題的社會事實所提出的既定說法，只是要去分析這個說法，去理解其社會生成的過程。一般常識的看法及其背後所牽涉的利益，都是社會學要分析的對象。但同時，這也不表示研究工作只是把自發式社會學所談的問題大肆整頓一番，由社會學者弄成一套有系統的說法，就可以變成學術研究。問題架構的設定，必須是從理論領域而來。

研究的對象，再怎麼瑣碎及不完全，也必須依理論架構來定義及建構，因為<u>這個架構可以有系統地探詢現實的所有面向</u>，可以說，<u>理論透過其設定的問題來組織現實之間的關係</u>。

<u>**接著，社會學必須建構假設及概念**</u>。在社會學裏，<u>假設是對兩個或兩個以上的現象之間的關係，提出一個暫時的解釋</u>。假設的設定，奠定了布赫迪厄所積極推動的**假設—演繹步驟**之基礎。假設—演繹步驟是指，從假

布赫迪厄
社會學的第一課

設出發，在假設和結論之間，推論出邏輯上必然的結果，他們的有效性，必須能夠被經驗證實或反駁。這個方法與歸納法相反，因為歸納法是從觀察到的現象中出發，去歸納出法則來。在布赫迪厄的著作《區別》一書中，他不只假設人的品味可以被社會學分析，而且是社會所決定的。布赫迪厄的看法剛好和常識所認為「品味是天生的」這一說法相反。布赫迪厄調查不同的品味，比較每個人的品味和他們在社會階層中的位置，他推出結論：對藝術、音樂或烹飪等品味的分布，是依照社會階級的慣習而決定的（參見第4章）。

　　在所用的語言上，科學性的問題也被尖銳地提出。就因為人類社會並不是完全地透明化，也為了避免常識所帶來的錯誤理解，如同其他科學，社會學所用的語言，必須十分地嚴謹但又是社會學特定的。布赫迪厄塑造的新概念，有些是從希臘文或拉丁文借來的詞，像慣習（habitus）、誤判（allodoxia）、內化的實踐價值（ethos）、儀態（hexis）、滯後現象（hysteresis）等（參見下面章節中的解釋），有些是從其他學科借來的，像場域、市場、資本等概念。這些借來的概念都經過重新定

義，所以還是打破一般語言對這些概念的用法。

　　社會科學必須克服一般語言裏所散布的那些成見，並且敢於說出不一樣的東西。打破先入為主的概念，並不是要刻意製造和一般人的距離，而是要打破一般言論中隱藏的社會哲學。[5]

　　布赫迪厄藉此回應了那些認為他的著作艱深難懂，充滿讓初學者望之生畏的術語之批評。

　　從涂爾幹所提出的方法論原則──必須把社會事實當成事物來研究──出發，社會學者必須要**進行一個客觀化的工作**。不管他的研究對象為何，除了純粹理論的探討及統計資料的引用以外，他的假設必須要經過現實考驗及實地調查。在這個階段，他可以交互地或輔助地使用不同的技巧。

　　傳統上，**定量法**和**定性法**是相對立的。定量法是藉問卷調查來取得數據資料，問卷的問題通常是封閉式，

5 *Ibid.*, p. 37.

以便利資訊的取得與處理；在六〇年代以前，定量法一直是主流的研究方法。

定性法主要是靠訪談，是受訪者與帶有訪談手冊的訪員間的對話，通常會有一系列要談的問題或主題。統計工具的更新及資訊化，使訪談能夠更有系統地處理，也更方便使用。

這些數據資料使研究者可以跳脫一般言論的影響，使其研究能更為客觀化。

假設和概念有機地整合在理論模式裏，這裏的理論模式是指：

確定「被建構的研究對象」之間的關係之明確關係圖；這個模式可以移用到不同範疇的社會現象，藉類比來產生新的類比，新的類比又可以形成新對象的建構。[6]

我們可以從其決裂和普遍化的能力，來看一個理論

---

[6] P. Bourdieu, J.-C. Chamboredon, J.-C. Passeron, *Le métier de sociologue, op. cit.*, p. 79.

模式。對一個模式來說，最重要的觀念就是關係，在這種關係社會學裏，統計分析是很重要的。布赫迪厄認為：一個社會對象隱藏著一系列的內在關係，只有分析這個關係系統，才能了解它是怎麼運作起來的。這時，社會場域的概念，就變成布赫迪厄理論的一個核心要素。所謂的場域，是指：

> 諸多位置構成空間，而位置的性質取決於這些位置在空間中的所在之處，而非取決於這個位置上的占有者之特性如何（這些位置的占有者是由其所在之位置局部地制約）。[7]

一旦社會被定義成一個不平等的社會空間（我們將在下一章當中看到），社會學的工作，就是要在社會的位置與社會學分析所建構出來的不同社會場域之間，找出結構上的同形關係（homologie structurale），也就是說，要在不同場域中的對等位置之間，找出一致性。

---

[7] P. Bourdieu, *Questions de sociologie, op. cit.*, p. 113.

　　由此可以進一步推出，某些統計技術是比較適合用來理解變數間的關係，像相關分析，還有因素分析，有些則不適合。因素分析可以讓龐大的統計表格集中為幾個因素，好處是其圖示讓人一目了然（如第3章的社會空間圖示）。

　　由於社會學家研究的對象是他所身處的世界，只要一不小心，很容易陷入**兩個陷阱**：常識賦予社會的隨手可得的知識，及與此相關的，社會行動者及見證者所自行認定的社會事實，兩者都是虛幻不實的。

二、一個行動介入的社會學

1. 布赫迪厄的社會學提出了許多批評

　　▶ 他對社會學的概念，主要是建基於認識論上及方法論上的批評。

　　布赫迪厄的社會學可以說是**試圖超越社會學家之間的某些對立**。這也就暗含了對他們方法上的批評。其中的一個對立，就是客觀主義或實證主義的擁護者和主觀主義支持者間的對立。

　　客觀主義認為「事實自己會說話」，而讓事實說話
的結果就是經驗主義：社會學家唯一的工作就是消極地
記錄事實。這種理智的態度使他們有組織地追求制約社
會的客觀法則，就好像在探索物理法則一般。這裏所指
的客觀性，是指不受個人的思想、再現及主觀意識影響
的所有事實。其方法是學自然科學或物理的研究方法。
在社會學裏，這樣的方法就是要去找出決定人類行為的
客觀法則，而不考慮主體或其再現；換句話說，客觀主
義是只重視從外影響主體的決定論。個人成為結構的傀
儡，人類學家李維史陀的結構主義，或馬克思主義者阿
圖塞的分析，就是採取這個觀點。

　　相反地，**主觀主義**將重點放在個人，分析的焦點集
中在主體上，尤其著重個性的分析，像每個人的才幹、
優缺點及長短處。在社會學裏，就成為個體論，雖然其
形式多種而分歧，但大致上都強調主體自由的概念，認
為主體能逃脫決定論的影響。

　　至於方法，社會學者必須**提防資料蒐集技術的濫
用**。所有的實地訪談進行狀況，都是建立在訪員與受訪
者間的互動關係上。然而，這種交流並不是一般的談

論：不只是兩個社會位置不同的人在互動，而且是在社
會結構的限制之下進行的。忽視這一點，等於是否認在
兩個對話者之間可能進行的象徵性暴力，因為其中一人
擁有因學術地位而來的合法性，另一人則處於被觀察及
被質詢的地位。互動的結構本身就會帶來社會效果，而
使回答受到影響。由此而得到的結果可能只是造假出來
的，也就是說，因為研究者沒有控制好其研究方法及／
或調查工作，他自己可能會去製造出一個假的現象。問
一些受訪者個人沒有能力回答的問題，問他們從來都沒
有想過的問題，都是在強迫他們接受研究者的問題架
構。然後，受訪者由這種半強迫的方式產生的回答，被
研究者當成是受訪者自己主動的意見，而導致研究者分
析上的錯誤。我們將在第7章有關民意調查的使用上，
更加詳談這一點。

▶ 布赫迪厄或明或暗地批評其他社會學派。

我們在第1章裏說過，社會學分成好幾個派別。在
這種情況之下，單獨強調一種方法的特殊性，等於是質
疑其他的理論。預設和方法上的多元性，使社會學家分

　成好幾派：

　　目前來看，社會學是一門野心很大的學科，進行
社會學的方法也很繁雜。從做統計分析的人、建立
數學模式的人，到描述具體狀況的人，這些人通通
自認為是社會學家。一個人不可能具備所有這些能
力，而社會學之所以分裂成這麼多對立的學派，就
是因為社會學者都想把自己最容易掌握的方法，當
成唯一最具正當性的社會學研究方法，而強制別人
接受。他們不可避免地會偏重某一方法，並強迫其
他人接受他們偏頗定義下的社會學。[8]

　　因此，就如同其他領域，社會學領域充滿著只為獲
得主流學術地位及壟斷社會學定義的鬥爭。

　　► **布赫迪厄也批評對社會學不道德的使用。**
社會學的典範及方法雖然繁雜分歧，但可以依其所

8　P. Bourdieu, *Choses dites, op. cit.*, p. 48.

負的社會功能來分類。布赫迪厄就把社會學分為維持社
會秩序的保守社會學，及另一種我們可稱之為「解放」
的社會學。

　　有一大部分自認為是社會學家或經濟學家的人，
其實應該稱做社會的工程師，他們的功能就是要提
供祕方給政府或企業領導人。他們為宰制階級半科
學或實用的社會觀提供合理化。政府今天需要的是
一門可以合理化及理性化其宰制關係，可以同時鞏
固宰制機制及合法化宰制的學科。這門學科自然也
就受限於其實用的功能：不論是在社會工程師或經
濟領導人手上，它都無法進行徹底地質疑。[9]

　　布赫迪厄的批評很少指名道姓。但是細看下去，他
其實是在質疑或揭露某某學派的理論預設或研究方法。
　　布赫迪厄是這樣在批評某些組織或企業的社會學研
究。布赫迪厄認為，這些研究只不過是用他們自以為科

---

[9] P. Bourdieu, *Questions de sociologie, op. cit.*, p. 24.

學的方式，在建立人力資源管理或工作分配的方法，以便讓企業或政府組織效率最佳化。廓集耶的研究方法就屬於這一種。一些政治社會學也在布赫迪厄的批評之列：包括那些想要永遠保存民主的意識形態，卻看不清民主本身之局限的社會學，這些錯誤的觀念在培養國家人才的機構（像法國國立行政學校）裏大行其道。整個社會學領域也因此助長了現存社會秩序的合法化，為宰制者提供維持宰制關係的論述。

▶ **社會學家應避免扮演預言家。**

變成社會學預言家，等於是要解決社會問題，但並不等於解決社會學上的問題。許多社會學家所要處理的問題，是外界的社會強制給他的。我們常會要求社會學家解決像犯罪、酗酒、歧視、移民等幾個二十世紀末主要的社會問題。但是這些問題並不是「社會學的研究對象」。依此來看，社會學者如果任人決定其研究對象，他可能會變成社會問題專家，而實際上這個角色只不過是政治權力鬥爭下的棋子，因為他也能為想要把事實製造成社會問題的社會施為者，提供學術的包裝。同理，

布赫迪厄
社會學的第一課

社會學的專業化使得社會學家必須依賴社會學研究的出資人，像私人或公家企業，特別是國家機關。於是其危險之處就在於：社會學家得被迫接受特定的問題及觀念架構。

　　因此，社會學者如果不想成為社會預言家，就要設法避免屈服於社會要求：

　　　　所有的社會學家必須避免使自己變成大眾要他做的社會預言家……社會預言家自然會從常識的角度來解釋社會現象，因為，對一般生活上碰到的問題，他只要稍微整理一下自發式的社會學，就能得到滿足：在所有簡單解釋當中，用簡化或用簡單的性質來解釋，都是社會預言家常用的手法，他們甚至可以從我們熟悉的電視當中，找到「全球鉅變」的解釋原則。10

2. 布赫迪厄積極推動「解放」的社會學

10 P. Bourdieu, J.-C. Chamboredon, J.-C. Passeron, *Le métier de sociologue, op. cit.*, p. 42-43.

▶ 社會學既然不是規範的學科，就必須要能揭露宰制的策略。

和哲學或政治學不同，社會學不是要去規定社會運作的邏輯，而是要去描述這個邏輯。但是，我們將在第3章看到，社會場域是一個充滿衝突的場域，宰制者試圖在其中複製他們的宰制關係。社會學者藉著對宰制機制的描述，來完成其學術的研究。因此，社會學者並非是活動分子，也不是社會哲學家。但同時，他也會碰到有意無意中維護現狀的社會行動者：知識分子、媒體、國家機構。

即使社會學本來的目的不在行動，而只是認知社會事實，它還是可以藉提供理解社會的工具，使得社會施為者能對抗所有的宰制形式，因為宰制越被否定其存在，其實際宰制的效力越高。因此，社會學讓我們可以對抗「自然化」的效果，亦即將建構出來的社會事物變成似乎是自然而然、天經地義的效果，像男性宰制是建立在所謂的生理優越性上，而年長者對年幼者的宰制，則是建立在看似客觀的變數——年紀——之上。同理，「普遍化」效果是透過各種機制，把特殊利益轉化為公

布赫迪厄
社會學的第一課

共利益，像法律的規範化力量。

由此可以了解為什麼布赫迪厄要分析國家菁英。經過考試的激烈競爭，這些相當於舊政權下之貴族的國家菁英，為了要建立宰制關係，以便壟斷經濟權力、官僚體制權力及知識上的權力，他們必須要建構現代化的國家及所有有關共和國的迷思：英才管理、自由化的學校、公共服務。

因此，布赫迪厄的社會學是有其社會用途。它在向社會施為者揭發宰制關係的同時，還提供可以在政治行動中動員的論述。社會關係的描述，並不是一紙簡單的學術報告，而是讓被宰制者可以掌握自己命運的解放工具。但是社會學並不是要取代活動分子或政治人物。社會學的政治使命來自於它的內容：尊重學術精神的同時，社會學的研究結果仍客觀地呈現並揭發社會不公。

但是布赫迪厄並不忌諱對法國政治事件公開表態，並且恢復馬克思主義同路人的政治參與形式。他同時也反抗社會宰制機制，護衛他所認為的受迫害者。因此，他的名字常常出現在《世界報》（Le Monde）及《解放報》（Libération）的專欄裏。他還多次簽署請願書，其中之

一是1996年3月時，要求「人民反抗」緊縮移民政策的巴斯果法令（Pasqua durcissant）；他也支持學生反抗大學篩選政策，並揭發「野蠻的資本主義」（1986）[11]；他護衛受回教極端分子威脅迫害的阿爾及利亞知識分子；他更公開支持1995年12月的大罷工。

▶ **社會學可以是保障民主的反抗勢力。**

一般來說，社會學，特別是布赫迪厄的社會學，做為一門擾亂社會的學科，常引起批評。除了長久以來對其科學性的質疑，還有人批評其目的：社會學毫無用處，做為一種決定論，社會學使人變得被動，對可能參與社會變動的行動者大潑冷水，給予民主的敵人最好的藉口。社會學不只令人不安，而且還很危險。

對這些說法，布赫迪厄提出反證：

其實，科學，特別是社會科學，不但不會導致冷漠及投機的懷疑主義，反而是提供了最好的批判社

---

[11] P. Bourdieu, A quand un lycée Bernard-Tapie ?, *Libération*, 4 décembre 1986.

會幻想的工具，不但讓民主的選擇成為可能，同時也建立一個可以實現的烏托邦，這和不負責任的唯意志主義及服從現狀的科學主義是大不相同的。當任何對象都無法逃避被客觀化、也無法逃避被揭露其構成現狀關係的生產及再生產的隱藏助力時，社會學即使不想，其實早就已經在進行其決定性的批判功能。[12]

▶ **對家庭的研究證實了家庭是一個非「自然」的政治範疇。**

家庭的例子特別能闡明社會學的批判功能，因為我們都自以為對家庭及其再現系統都十分熟悉。然而，布赫迪厄認為，只有透過解構／再建構這個過程，才能理解到家庭其實是一個政治範疇，也因此政治權力對家庭有興趣，因為政治權力可以定義、限定、規範並且「自然化」家庭。

[12] P. Combemale et J.-P. Piriou, *Nouveau manuel de sciences économiques et sociales*, Paris, La Découverte, 1995, p. 673.

在**常識的再現**裏，譬如在民意調查或媒體裏的再現，都認為家庭組織擁有一些正常的以及家庭所特有的特色：家庭是一個超越個人的存在（如家庭成員的姓氏）；家庭形成一個有生命、共同精神及特殊世界觀之共同體；家庭是自然產生、天經地義的。而且，家庭似乎是一個理想的生活共同體，家庭成員間的親密關係，相對於外在的世界，形成了內與外、公與私、無償與商業（在家庭裏，好的家庭關係意味著不計較、奉獻與贈與）間的對立。最後，家庭還和住家及一家人等概念有關，也就是說，家庭有一特定的及穩固的領土範圍，家庭組織是置身於其中的地理空間裏。

面對這一現實，社會學家不能把一般常識所用的範疇照單全收。必須要**雙重決裂**。一方面，要指出家庭的定義其實是透過許多制度化的儀式（強制同一姓氏、婚姻），以及對家庭各個成員地位的定位（因此，在說「這是你妹妹」的時候，就限定雙方只能有無性關係的手足之情而不能有男女之愛）等過程而構成的。這個過程運作的目的，是要把每個成員都整合到這個應該要團結穩固的實體裏。

布赫迪厄
社會學的第一課

另一方面，必須要考慮到國家的角色，<u>國家藉著規範化的方式來建構官方的（認知）範疇</u>：

> 事實上很明顯地，在現代社會裏，架構人民思想的官方範疇的主要建構者是國家……我們之所以需要對此進行徹底的懷疑，是因為單純的實證主義觀察（家庭是存在的，在做統計時，就會碰到家庭），透過其記錄認可的方式，可能有助於增進家庭這個詞內涵的社會現實建構，加上在家庭主義的言論中，表面上是要描述一個社會現實，實際上卻規定了一種存在方式——家庭生活。……國家，透過種種記錄在戶口名簿裏的身分建立程序，進行著無數次對家庭認同的建構，使得家庭變成社會裏最強大的認知基礎及最真實的單位……公共的看法深刻地介入我們對家庭事物的看法，而我們最私密的行為，也倚賴著公共政策，像住宅政策，或更直接的家庭政策。[13]

---

[13] P. Bourdieu, *Raisons pratiques. Sur la théorie de l'action*, Paris, Le Seuil, 1994, p. 145.

　　布赫迪厄的社會學因為種種不同的原因而令人不安。首先，是他對社會學家的技藝的概念及他方法學上的一再要求，要我們擺脫所有妄稱社會學的方法。接著，他堅持，社會學者的言論是離不開其所占的社會位置，他也因此打破了自認客觀中立的知識分子意識形態。最後，社會學者的社會功能，是要藉著提供對社會宰制機制的分析工具，來戰勝宰制關係。這些方法論上及認識論上的要求，將會出現在他所有的理論分析裏，而如同他對社會及個人的概念，這些分析都是從一個批判的角度出發。

對社會的空間概念

空間及場域

　　在舊政權依威望建立的層級制度之下，教士、貴族及第三階級各自享有法律規範的權力與義務。不同於此的工業化社會，則是以缺乏法律定義的社會層級（hiérarchie sociale）為特色。因此，對社會分化的研究，需要設計一套分析的架構，來理解社會團體間的不平等。但是，社會學的傳統並沒有一套整合的方法：傳統上，有兩個不同的概念相競爭。第一個概念是受馬克思主義影響，認為社會是依照一個經濟的標準分為對立的社會階級。第二個概念則是延續韋伯的著作，用權力、威望及財富這三個分類原則所組成的階層，來分析社會。布赫迪厄拒絕這種傳統的二分法，他藉綜合兩者的方式，來超越二分法。從社會空間及社會場域出發所提出的研究方法，提供我們有用的概念及工具，去分析團體位置及相互關係，及了解社會秩序再生產的走勢。

一、一個衝突的社會空間

1. 社會空間依不平等的資本分配而層級化

　　▶ 用社會空間來描述社會，可以凸顯社會位置之間

的關係面向。

依照「社會事實是建構出來的」這一方法論原則，社會學者用了幾個不同分類的標準來理解社會結構。「社會空間」一詞表明了和傳統金字塔型的社會層級這一看法分道揚鑣。傳統看法認為，每個階級依照其物質存在條件而在社會梯級（l'échelle sociale）上占有相對的位置。這種看法從經驗上來看，是非常簡化的，因為它只考慮一個層級化的原則，從理論上來看，也是非常不適當，因為它忘了：社會階級不能單獨地被定義，社會階級必須從和其他階級的關係來定義。

首先，把社會學看成是一種社會位相學。接著，我們可以在一個空間（多面向）的形式下呈現社會，而這個空間是在分配或分化原則之基礎上建構成的，而分化原則又是由作用於該社會領域的特性總和所構成的……社會施為者及其社群，也是依照其在該空間的相對位置而定義。每個人或社群都被局限在一個位置裏，或位置相近的一個特定階級裏（也就是說，在空間的一個特定區域裏），而且，實

際上不能在空間裏占有兩個對立的區域，即使在腦子裏想這麼做……社會空間可以被描述成由位置構成的多面向空間，就好像所有目前的位置，都可以依照多面向座標系統來定義，其所在座標位置的大小值是對應於不同的相關變項之大小值：在第一度空間裏，社會施為者依其擁有的資本總量而被分配於空間中；在第二度空間裏，則是依照其資本結構做分配，也就是說，依照不同種資本在他們的所有資本中所占的相對重量做分配。[1]

▶ **資本的不同形式可以建構社會空間。**

在初步的分析之下，資本這一概念是屬於經濟的範疇。之所以會用類似的詞，是因為資本有一些共同被承認的特性：資本的積累要靠投資的過程，它是透過繼承而移轉，且依照資本擁有者所掌握的理財置產時機而決定其獲利大小。如果我們不把資本限定在經濟的範疇來使用，上述這些特色將使得資本成為一個具有啟發性的

[1] P. Bourdieu, Espace social et genèse des 《classes》, *op. cit.*, p.3.

概念。而我們還可以把資本分為四種形式：

——**經濟資本**，由不同<u>生產要素</u>（土地、工廠、工作）及<u>經濟財貨總體</u>（收入、遺產、物質財貨）所構成。

——**文化資本**，<u>相當於知識能力資格總體</u>，由學校系統生產或由家庭承傳下來。<u>文化資本又分為三種形式</u>：內化形式像舉止風範（如對公眾演講時的泰然自若）；<u>客觀形式</u>像文化財貨（如名畫收藏）；制度化形式指的是經由制度的社會性認可（如學歷）。

——**社會資本**，指<u>個人或團體所擁有的社會關係總體</u>；社會資本的獲取，需要靠關係的建立和維持，即從事社交聯誼工作，像相互的邀請、維持共同的嗜好等。

——**象徵資本**，相當於所有牽涉到<u>名望及認可</u>的一套規矩（像禮遇）。究極而言，它是對其他三種資本之擁有的認可所帶來之信用及權威。它使我們了解到，<u>許多道德規範並不只是社會控制的要求，而且擁有實際效果的社會優勢</u>（參見第5章）。

　　▶ 社會施為者的<u>資本結構</u>及<u>資本總量</u>，決定其在社會階級空間裏的位置。

　　在各種不同形式的資本當中，經濟資本及文化資本為建造已開發國家的社會空間，提供了最適當的區分標準。**社會施為者是依據一套雙重邏輯，一種兩度空間，而被分配**（參見圖1）。

　　在垂直座標上，社會團體依其所擁有的**資本總量**而排列。因此，我們可以看到，最上端是擁有最多資本者，不論是經濟資本或文化資本，相對的另一端則是擁有最少資本者。這個在垂直軸上的排列，是最具決定性的；老闆、自由業者及大學教授都排在座標上方，而經濟、文化資本最少者，像工人及雇農，則在社會梯級的底端。

　　在水平座標上，則是依**資本結構**來區別，即這兩種資本在其資本總量裏的相對重要性。因此，社會施為者的分布，是從資本結構上右邊的經濟資本大於文化資本，到左邊的文化資本大於經濟資本。一些次要的區分可以讓我們理解到：在縱軸上（資本總量）占同一位置之團體其內部的分裂。從橫軸來看，工商業老闆（右邊）

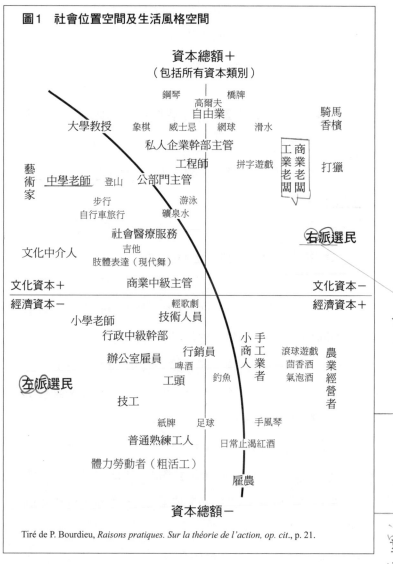

圖1　社會位置空間及生活風格空間

資本總額＋
（包括所有資本類別）

Tiré de P. Bourdieu, *Raisons pratiques. Sur la théorie de l'action*, op. cit., p. 21.

剛好和教授（左邊）相對立：前者的經濟資本大大超過
其文化資本，而後者的文化資本則大大超過其經濟資
本。

2. 在《區別》（1979）一書裏，布赫迪厄闡述不同社會階級的特點

　　從國家統計經濟局（INSEE）所設計的社會職業範
疇及布赫迪厄所做的調查，我們可以把社會空間分為三
個階級。

　　▶ 首先是宰制階級或上層階級，以其成員所擁有的
資本之重要性為該階級之特色。

　　宰制階級擁有相當多的資本。其成員時常能同時**累
積不同種的資本**。宰制階級善於經營區別性以突出自己
的身分，不但將其對社會的觀點強加於所有人身上，且
合法化他們這些特定的觀點。宰制階級決定什麼是合法
文化（參見第5章）。

　　但是依照所擁有的資本結構，可以區分兩個對立的
派別。宰制階級的主流派掌握經濟資本的優勢。主流派
可以進一步依據其躋身宰制階級的資歷而分為兩個群

體：一方面是由工商大企業的老闆所組成的舊資產階級；另一方面是集合出身名校、在私部門裏任高級主管的新資產階級。宰制階級的非主流派是那些文化資本大於經濟資本者。非主流派包括了工程師、教授和文化工作者。

▶ <u>小資產階級</u>都想往社會上層爬，但其內部卻是分裂的。

小資產階級成員擁有一些共同的**特徵**。在社會空間中，他們占有一個中間的位置，不管他們是白領階級小老闆或獨立工作者。稱之為小資產階級，是因為在概念上是接近資產階級的，而在行為及再現上，小資產階級的成員都想往上爬。文化上，小資產階級欠缺資產階級的自主性。<u>小資產階級十分由衷地遵守既有的社會秩序</u>，除了少數的幾個例外，他們在道德上都要求甚嚴。他們在文化上也試著不落人後，但主要仍在<u>模仿宰制階級的文化</u>（參見第5章）。

但是由小資產階級內部的**分裂**，我們可以將之細分為三個派別。社會變動歷程的概念可以用來定義第一個

派別，即由手工業者及商人所組成的**沒落中的小資產階級**，這個派別的數量不斷在減少，我們也稱之為傳統的小資產階級，因為其成員多為傳統產業者。**扮演執行角色的小資產階級**主要包括雇員、私人企業的中級幹部、技術人員及中小學老師。從資本結構來看，他們占據中間的位置。**新小資產階級**是由具有優厚文化資本但缺乏社會資本以充分利用其文化資本的小資產階級，或是由出生於資產階級但沒有足夠的學歷讓他們得以留在宰制階級裏的小資產階級所組成。他們的共同點在於：為擴充其職業的象徵地位及獲得其他人的專業肯定而奮戰。新小資產階級包括藝術工作者、文化工作者及顧問。但也包括一些呈現及再現的專業，像不是很有名的廣播電視主持人、導遊、新聞專員等。年紀也是這個階級的特色之一：像年輕一代的護理人員或技術人員。

　▶**普羅階級則以無產為特徵。**

在社會空間的最底端是無產階級，不管是以什麼方式存在，其共同點是幾乎沒有任何資本。他們只能有「必要的選擇」，就像布赫迪厄在《區別》一書中的章節

標題所說的。<u>無產階級的共同價值觀，是所謂的陽剛之氣</u>：從他們許多行為和再現中，都可以看出這一點。<u>接受宰制關係</u>是他們另外一個共同點。無產階級還可以再區分為一邊是<u>工人</u>及<u>小農</u>，另一邊是小受薪<u>勞動</u>者（服務生及雇農）。

二、布赫迪厄從對社會整體的上述看法出發，加上一種<u>社會場域觀點</u>的分析方式

1. 社會是<u>多少自主的且充斥著階級鬥爭</u>的社會場域之集合

場域理論是建基在「<u>我們的社會是處於一個逐漸分化的過程</u>」這一事實之上。社會演化的趨勢是出現因社會分工而產生的（布赫迪厄用詞中的）世界、領域、場域。不同於生產組織下的技術分工，社會分工涵蓋整個社會，因為它是使得宗教、經濟、法律、政治等功能得以相互區隔的分化過程。

► 一個場域就像一個市場，而社會施為者就像遊戲參賽者。

從分析的角度來看，一個場域就像一個網絡，或位置間的客觀關係組合。我們可以依照這些位置的存在，這些位置對占據此位置的施為者或體制，這些位置在不同種資本分配結構的目前或潛在狀況（資本擁有的狀況可以決定在該場域中的獲利），及和其他位置的客觀關係（宰制關係、從屬關係或同構關係等），而客觀地定義這些位置。在高度分化的社會裏，整個社會是由這些相對自主的小社會所組成，這些客觀關係織成的空間，擁有其各自特定的、必然的，且與其他場域不同的運作邏輯。例如藝術的場域、宗教的場域或經濟的場域等，每個場域都有其各自運作的邏輯。[2]

這段節錄綜合了所有場域的特徵，也就是布赫迪厄所謂的「場域的一般法則」。我們可以用類比的方式來闡明這個概念。可以把場域想像成擁有物資生產者和消費者的市場。擁有特定資本的生產者之間是相互競爭

[2] P. Bourdieu avec L. J. D. Wacquant, *Réponses...*, *op. cit.*, p. 72.

的。競爭的目的在於累積使他們可以宰制其場域的資本。資本可以說既是目的又是手段。在某一時間點下的場域結構，就是當時社會施為者間權力關係的反映。從這個意義來看，場域是一個對立力量的空間。

布赫迪厄又用了另一個類比來解釋場域中社會施為者的行為：**遊戲**。

我們可以把場域比喻做一場遊戲（和遊戲不同之處，在於場域並非是刻意創造出來的結果，而且場域規則或邏輯並沒有清楚地昭告出來或標準化）。因此，遊戲的爭奪焦點（enjeux）的基本要質，乃是因為遊戲者的競爭而產生；對遊戲的投注，必要的共同幻象（illusio）（此幻象屬於遊戲，為參與者共享，如此遊戲才玩得下去）：參與者陷入遊戲當中，他們之間激烈的對立，是因為他們都有一致由衷的信仰（doxa）——這個遊戲及其爭奪點的真實性及其可能的獲利……他們競爭和衝突的根源，就在這個一致相信的默契上。他們也有王牌，但其效力因遊戲而異：就像牌的相對力量因遊戲而異，不

同種資本（經濟的、文化的、社會的、象徵的資本）
的優先順序，也因場域而不同。[3]

　　遊戲參與者的策略決定於其資本總量及資本結構，
而遊戲的目的，在遵守遊戲規則的情況下，去保存或累
積最多的資本。占宰制地位者，通常採行保守的策略。
但是，遊戲參與者也可能試圖去改變遊戲規則，譬如貶
低對手力量來源的某類資本：這裏指的特別是被宰制者
所使用的顛覆策略。

　　雖然我們可以因此導出場域的一般特性，但是每個
場域都有其特殊的利害關係，以及讓我們可以了解其相
對自主性的歷史（相對於其他場域）。

　　▶ 場域並不是嚴格劃分邊界且完全自主的空間：場
域之間是相互有機地聯繫起來的。

　　一方面，社會施為者在一個場域中的位置，也取決
於他們在社會空間裏的位置；因此，在社會結構及社會

[3] *Ibid.*, p. 73-74.

場域之間，存有一種同形構造的關係。結果是，雖然每
個場域有其各自運作邏輯及相對自主性，但是場域內的
分裂和不同階級間的對立是一樣的。

　　……在哲學、政治、文學等場域和社會空間結構
之間，我們可以看到一連串結構上及功能上的同形
構造關係：每個場域都有其宰制者及被宰制者、保
守或顛覆的鬥爭、再生產機制等。[4]

　　因此，如果我們像布赫迪厄所做的，去研究**大企業
領導人的場域**，我們會發現社會施為者之所以在公或私
部門內工作，是依照他在總社會空間裏的位置而決定。
和國家關係緊密的大工業老闆（公營企業），通常是出
身高級文官或自由業，他們擁有豐富的社會資本及名校
賦予的學校資本：他們是以文化資本占優勢。與他們相
對的是私人企業老闆，他們則多半是大資本家的繼承人
或出身小資產階級，他們的職業生涯都在私部門，求學

[4] *Ibid.*, p. 81-82.

過程較短：他們是以經濟資本占優勢。

另一方面，還有**場域之間的相互滲透性**。因此，經濟場域的運作邏輯逐漸滲透到其他場域：像藝術場域，特別是一些畫作，越來越市場化，投資及投機的經濟邏輯甚至可以影響藝術價值的變動。同理，官僚場域也難逃經濟力量的滲透。

2. 從經濟場域的研究中，可以看出這種方法的啟發性

▶ 經濟場域建基在一個和傳統社會不同的特殊邏輯上。

所有的場域，做為歷史的產物，都會形成其運作所需的利益。對經濟場域來說亦是如此。做為相對自主的空間、有其自身的法則、特定的基本原則及獨特歷史的場域來說，經濟場域創造出的是一個特殊的利益形式，而這個利益形式只是所有可能形式的一個特例。[5]

5 P. Bourdieu, *Choses dites, op. cit.*, p. 125-126.

　　物資的生產及交換是必要的活動。但這些活動並非完全獨立於其他活動，也不是完全以個人利益為出發點。**在傳統的社會裏，生產及交換基本上是一種社會活動**。交換是非金錢上的交換，為的是社會關係的維持，有時甚至是以贈與的方式為之，人們會期待對贈與的回報，但並不必然是立即的或對同一人的回報。實利上的考慮在這裏是十分次要的。同理，布赫迪厄研究的卡比爾人（Kabyles）之經濟行為，也屬於前資本主義的經濟模式，他們的誠實及信譽，是與狡猾算計的市場邏輯相對立。[6] 所以，我們要了解做為特殊領域活動的經濟場域是如何產生的。

▶ 經濟場域逐漸地自主化。

　　我們可以從社會及歷史的角度來檢查這一自主化的過程。必須先了解到一個特殊的社會群體是如何出現（即資產階級），和資本主義基礎價值是如何誕生。韋伯已經強調過喀爾文教派道德和「資本主義精神」的相關

---

[6] Cf. P. Bourdieu, *Le sens pratique*, Paris, Éditions de Minuit, 1980.

性。工作本身就是一個目的、一個使命；禁止奢侈的行
為，獲利必須再投資。匈牙利歷史學家、經濟學家及人
類學家博蘭尼（Karl Polanyi）在《大轉變》（*La grande
transformation*, 1944）一書中指出，經濟的建構和自由主
義哲學的發展是密不可分的：經濟利益的概念，即依照
在完全競爭市場下的經濟人模式，對最大利潤及最低成
本的追求，其實是在特定時空下被建構出來的。

　　今天的經濟場域，是由許多組織和機構建構出來
的。這些組織機構，不但在彼此之間相互競爭，也和其
他場域的人競爭。物資和勞務的生產者亦是如此，他們
相互競爭，且競爭的策略多重複雜，經濟結果也不同。
同理，國家做為規範者而介入，其社會經濟政策的決
定，可以穩固或改變場域特有的遊戲規則。再加上彼此
間也是相互競爭的知識生產者及傳播者：在大學或學院
裏的經濟學，傳播著看待這個世界的特定方式；職業培
訓的學校；造成經濟系所裏過多工商業資產階級成員的
某些篩選系統；特殊媒體（雜誌、電視節目）；研討會
及國際會議；靠提供經濟分析而存在的組織。

　　但是不管是在不同的場域或整個社會，運作邏輯的

維持和改變之<u>因素</u>，都是一樣的。

三、社會的再生產及社會的轉變

1. 社會秩序的維持機制，在現代社會中，占主導的位置

▶ 社會流動性的研究，顯示出一個社會再生產的強烈傾向。

社會流動性指的是個人在<u>社會範疇</u>或<u>社會階級</u>之間的流動。可以區分為相同世代內的流動性或職業的流動性，即在同一世代內，個人從一個範疇流動到另一個範疇；和世代間的流動性，即個人從其家庭所屬之社群，流動到另一社群。世代間的流動性，是去比較兩個世代的狀況：父母那一代及小孩那一代。依照流動的方向，可以分為垂直上升的流動（社會晉升），及相反地，下降的流動（社會沒落或社會梯級上的倒退）。

社會流動的研究是以<u>流動表</u>為基礎，即把個人某一時刻的社會位置相較於其父親之社會位置的行列對查統計圖表。對這圖表的對角線解讀，可以提供我們重要的訊息：這裏所顯示的數字，指出了社會再生產及它的互

補──社會流動性。對角線上的數據越大，表示這個社
會越僵硬，社會流動性越低：和父親擁有同樣的社會地
位的個人占了絕大多數。這種情況，我們稱之為社會再
生產或世襲社會，如諺語所謂之「有其父必有其子」。
反之，對角線上的數字越小，社會流動性越強：此時，
社會是流暢的。

　　然而，**從法國五〇年代以來的統計研究結果來看，
社會流動性是趨於緩慢**，而如果把社會用階級來看，則
這個趨勢更加嚴重。在1953年和1977年之間，雖然有
三十年經濟繁榮期所帶來的結構變化及文化制度的巨
變，但法國並沒有發生強大的社會混合。大致而言，社
會流動雖然有增加，但幅度微乎其微。更別提這個總趨
勢掩蓋了「社會流動性主要是在中產階級內發生」這一
事實。普羅範疇及宰制階級間的流動，是十分僵化的。
最後，從危機的七〇年代開始，社會流動的總趨勢偏
緩，今天，我們目睹了二次世界大戰以來首創其例的就
業機會及職業前景的逐代衰退（參見表2）。

　　▶ 這種社會秩序的再生產，可以從社會施為者為保

ok   de表? 何解法？

表2 1993年的社會流動性表格

社會結果（社會命運）之百分比（％）

父親社會職業類別	兒子社會職業類別						
	1	2	3	4	5	6	7
1. 農業經營者	25	8	10	14	8	⑤	100
2. 手工業者、商人、企業老闆	2	㉙	22	20	7	20	100
3. 管理階層及高級文化學術工作者	0	11	㊾	21	8	7	100
4. 專業中介者	1	9	㉟	30	10	15	100
5. 雇員	0	8	22	32	11	㉗	100
6. 工人	1	9	10	24	11	㊺	100
7. 全部	5	12	19	23	9	㉜	100

資料來源：國家統計經濟局，1993年

社會出身之百分比（％）

父親社會職業類別	兒子社會職業類別						
	1	2	3	4	5	6	7
1. 農業經營者	86	12	9	11	15	19	17
2. 手工業者、商人、企業老闆	5	36	16	12	10	9	14
3. 管理階層及高級文化學術工作者	1	8	23	7	7	2	8
4. 專業中介者	2	8	19	14	11	5	11
5. 雇員	0	7	13	15	13	9	11
6. 工人	6	29	20	41	44	56	39
7. 全部	100	100	100	100	100	100	100

資料來源：國家統計經濟局，1993年

有或占有各種資本而進行的策略來解釋。

布赫迪厄認為，社會施為者都試圖在維持或增加其
資本總量，所以也就維持或改善其社會地位。社會秩序
的維持機制之所以占優勢，是因為受到再生產策略的主
導。

人類社會最基本的問題，就是要知道社會為什麼
及如何維持下去，社會秩序——即構成秩序的整體
等級關係——如何永存⋯⋯我們可以草擬一份分成
幾個大類的再生產策略表，這在每一個社會都有，
只是偏重會有所不同，而依照要傳遞的資本的性質
及可動用之再生產機制，其形式也會有所不同。[7]

接下來，我們就可以建立策略的分類：
——生物投資策略，生育策略及預防策略是其中最重要
的兩個。前者目的在控制子孫後代的數目以確保資
本的傳遞。但對某些社群而言，生育策略也指為有

[7] P. Bourdieu, Stratégies de reproduction et modes de dominations, *Actes de la recherche en sciences sociales*, n° 105, décembre 1994, p. 5.

*Bourdieu 兩理論了從階層消費與
階級概念來想 筆向從預著手
也如何有外新素上層劃率?*

ask.

91

第3章
對社會的空間概念

利其成員的社會晉升，而有意識地控制其生育。預
防策略的目的則在維持好的生物遺傳，偏重身體資
源的管理：即採取有益健康及避免疾病的行為。主
管及上層文化專業者的壽命之所以超過工人階級，
除了因為工作條件的差異之外，也來自對身體和疾
病的關係不同：這兩組人的對立，不只表現在飲食
消費的習慣上，特別是對有害物質的使用，像菸或
酒的消費，也表現在求助於保健系統時的差異性。

ask
是指?
工人階級
多以用成藥
的行區隔了

——**繼承策略**，目的在以最低的損耗來確保物質財產在
不同世代間的承傳。尤其當經濟資本占絕大部分的
資本總量時。農人土地的轉移、商人店面的轉移、
手工業者工作間的轉移等，對這些文化資本欠缺的
獨立工作者來說，這類移轉攸關重大利益。

——**教育策略**，目的在培養有能力也配得上接收並移轉
社群祖產的社會施為者。家庭的學校策略，或入學
兒童的學校策略，都算是其形式之一，第6章將對
此進行分析。

——**經濟投資策略**，導向各種資本的維持及增加。所
以，不只是要累積經濟資本，也要累積社會資本：

社會投資的策略,目的在建立或維持直接可用或可動員的社會關係,從短期或長期來看,要把這些社會關係透過金錢、工作、時間的交換而轉為持久的義務。在這裏,婚姻策略只是一個特例。

——**象徵投資策略**,所有旨在維持及增加認可資本的行動。其策略目標在複製有利於對其特點的認知及評價圖式,並從事依照這個圖式最能引起讚嘆的行為(參見第5章)。

2. 為數眾多的再生產策略,並不意味著社會結構不能被改變

▶ 再生產策略的有效性,取決於社會施為者所能掌控的再生產工具,這些策略工具會隨社會結構的改變而改變。

這些彼此獨立(有時因過於獨立而變成是相衝突的)或協調的無數的再生產策略,使得社會秩序得以持續地再生產,但有時也會有出於結構本身的矛盾、社會施為者之間的衝突或競爭所導致的失敗和波折。[8]

　　因此，在現代資本主義社會中，**經濟資本或文化資本（文憑）逐漸取代施於人身上的直接及個人的權力**。一個非個人的官僚國家的存在，可以授予及擔保官方的榮耀，藉著給予學校再生產模式不容置疑的優勢，而改變再生產策略。

　　在官僚主義的大企業裏，文憑不再只是一個單純的地位象徵，而變成是一張進入權力體制的「入場券」：學校（在「名校」的形式下）及某校幫（表面上看來是學校從無中生有的，實際上是從家庭特性中選出來的）取代了家族關係，而同校同幫的校友之間的相互提拔，其作用其實和濫用私人及黨同伐異的家族企業，有異曲同工之妙。[9]

　　從此，**資本再轉換**成為必要。隨著企業場域變得越來越官僚化，其領導幹部的特質也要求跟著改變。過

[8] P. Bourdieu avec L. J. D. Wacquant, *Réponses...*, *op. cit.*, p. 114.
[9] P. Bourdieu, Stratégies de reproduction et modes de dominations, *op. cit.*, p.10.

去，成為領導階層幹部是要靠家族關係，現在，則主要
靠學校文憑。因此，有家產者會傾向把部分可以承傳給
後代的資產轉投資到下一代的教育上。其子孫將繼承一
部分這種資本，也就是經認可的文化資本（文憑），而
正是這種資本決定他能否晉升到宰制階級的位置（參見
第6章）。

▶ **社會階級在社會空間的位置隨著社會結構的改變
而改變。**

生產機制的產業轉換改變了**職業結構**，造成就業人
口的轉業。這個演變有幾個特點。在六○年代的時候，
初級產業就不斷地在沒落。1962年的時候，這個產業占
了法國20％的就業人口，到了1995年，只剩下5%。第
二級產業在同一時期的轉變則不同於初級產業：在六○
年代危機剛開始的時候，就業仍相當穩定（1962年時占
38%的就業人口，到1975年仍維持在39%），之後才開
始持續下滑，到今天只占了29%的就業人口。最後，是
第三級產業的持續擴張，從1962年42%的就業人口到
1995年66%的就業人口。同時，自營者逐漸減少，受雇

者則持續增加，雖然在九〇年代又開始趨緩。

　　要說明社會階級在社會空間的相對位置，必須用**動態的觀點**來考慮這些結構性的轉變。可以說再生產策略受到社群集體社會變動歷程的影響。因此，工人群體的相對沒落，導致了世代間社會地位承傳局勢的改變：許多工人階級的下一代，明顯感受到上一代所倚靠的認同瀕臨危機，而無法繼續認同之；注定沒落的傳統農耕者，也面臨到「再生產的危機」，其下一代都想改變原來的社會地位。同樣的情形也發生在沒落中的傳統小資產階級。相反地，新小資產階級則是集體的往上升，這和第三級產業之新興行業的出現有關。

　　布赫迪厄所引入的社會研究方法，建基在兩個不可分的面向。一方面，整個社會依社會階級而層級化，從一個靜態的觀點來看，這些階級是依照不均的資本分配所決定的社會位置而定義，從一個動態的觀點來看，這些階級是依照差異的社會變動歷程而定義；不均的資本分配傾向穩定化，這和社會施為者的再生產策略有關。另外一方面，社會並不是一個統一均質的整體：社會是

由許多社會場域構成的，雖然各個社會場域的結構和社
會空間結構有一定的同構關係，但是各場域結構的動力
和其中的遊戲參與者密不可分。這兩個面向並非可觸摸
的具體現實，而是經由社會學者的客觀化而產生的。伴
隨這個對社會的概念而來的，是對個人的一個特殊定義
方式。只有為了解說方便，我們才會把社會和個人分開
來看。但是事實上，在布赫迪厄的觀念裏（布赫迪厄的
關係社會學，就是要超越社會／個人二選一的困境），
把社會和個人區分對立開來，是錯誤的。因此，為了維
持布赫迪厄研究方法的一致性，不應該把這一章和下一
章截然分開：要記得這兩章是一個整體的兩面，儘管我
們在閱讀時，只能分開來念。

第 4 章 布赫迪厄的社會人

（homo sociologicus）

一個社會施為者

　　慣習（habitus）是布赫迪厄社會學的核心概念。慣
習使得他對社會的概念和對個別的社會施為者的概念能
協調一致：它是個人和集體之間的連接點。透過這個概
念，產生出一個社會施為者之社會生產及其行動邏輯的
特殊理論。布赫迪厄認為，社會化不但穩固了階級慣習
的內化，形成個人的階級屬性，同時還再生產了分享同
一慣習的階級。慣習可以說是社會秩序再生產的基礎。
雖然慣習是社會秩序保存的根基，它卻會變成創新的機
制，所以它也是社會改變的機制。

一、社會化的人：慣習之形成

1. 慣習這個概念，讓我們理解到人是透過什麼方式才變成一個社會的產物

　　▶ 人必須先社會化，社會生活才有可能。

　　社會化是指所有那些讓個人去學習人與人之間的社
會關係，以及一個社會或集體的規範、價值、信仰等所
需的機制。所謂的規範是指，表現出一個團體或社群特
色的規則和社會慣例：語言、禮貌標準、舉止儀態等。

價值則是那些被視為值得尊敬的或令人期望的事物，可以引導一個社會或社群行為的典範，包括榮譽感、正義感、愛國心、友愛等。社會化的強度依年齡而異，因此，傳統上，我們可以將其分為初級社會化或兒童的社會化，以及次級社會化，即個人一輩子學習適應的過程。但是在布赫迪厄的看法裏，傳統的社會化概念及其對規範和價值之區分，是不適當的。

▶ 布赫迪厄認為，社會化的特色在於慣習的形成，依照他對慣習的定義：

　　和某一特定階級的存在條件相關連的環境限制下所形成的慣習，是持久的但又可轉移的傾向系統，那是被結構的結構，卻已準備好像有結構力的結構般地運作，即做為實踐及再現之形成及組成的原則；慣習雖然可以客觀地符合其目標，但卻不必然需要有意識的企圖，也不需明顯刻意的操縱以達其目標；已經客觀地被調整和規律化，卻不是遵守某些規則的結果；同時，集體地協調，卻也不是一個

樂團指揮有組織的行動之結果。[1]

　　這個定義強調，**慣習做為一個持久的傾向系統，是個人在社會化的過程中獲得的**。傾向可以說是認知、感覺、做事及思考的偏向態度，個人由於其客觀的存在條件而將傾向內化以後，這些傾向就成為他行動、認知及思考的無意識之原動力。內化是社會化的一個重要機制，因為所有學習而來的行為和價值，經內化以後，就被視為自然而然、近乎本能般的；內化使得我們不必刻意記起行動必須遵守的規則，就可以行動。

　　個人所內化的認知及行動之範式（schémas），也叫做圖式（schèmes）。由此，可區分**慣習的兩個構成部分**。一個是**內化的實踐價值**（ethos），指在實踐狀況下的價值或原則，是道德無意識及內化的形式，它管理日常的行為：可以說是無意識之下的行動圖式（ethos和倫理相反，因為倫理是道德經明確地系統化的理論論證形式）。另一個則是身體的**儀態**（hexis），指姿態、體態，

1 P. Bourdieu, *Le sens pratique, op. cit.*, p. 88-89.

與身體的關係，在個人的經歷當中，被無意識地內化。

所以慣習不但是我們認知及判斷現實的理解框架，也是我們實踐的生產者，這兩個面向是分不開的。我們一般所通稱的個性，其實是以慣習為根基。我們也以為我們生下來就是這副德行，帶著這些傾向、偏好、敏感度、行為反應方式、風格等。事實上，喜歡啤酒而不喜歡葡萄酒，喜歡動作片而不喜歡政治片，投票投右派而不投左派等，這些都是慣習造成的。同理，抬頭挺胸或彎腰駝背，人際交往自然大方或笨拙不堪，這些都是身體的儀態的表現。最後，覺得某人小氣、狹隘，或相反地，大方、傑出，都是內化的實踐價值的表現。

2. 慣習是個人社會變動歷程及社會位置的產品

▶ 社會屬性不但能建構後天所獲，並且能形成一個階級慣習。

社會施為者的再現乃取決於他們的位置（及與其相連的利益）和慣習，亦即認知評價的圖式系統，或經過在一個社會位置上的長期經驗而獲得的認知

評價結構。[2]

所有我們所受的教育當中，最具決定性的是最早期所受的教育，這個兒童時代所受的教育，灌輸了我們的**初級慣習**。初級慣習是由最早獲得的傾向所構成，它是最持久的。家庭組織在這個初級的社會化當中，占了一個最重要的角色。而所有的家庭都在社會空間中占有一個位置：認知行動的圖式，決定於這個位置。接受一種教育，等於是接受某一個階級位置的教育；這等於是獲得一些特定的傾向，這些傾向使我們自發地複製存在於我們的思想言語行動裏那些我們在學習時已經存在的社會關係。因此，慣習可以說是將外在性內化的機制：我們內化我們的父母在社會空間裏的位置之特性。處於不同社會條件的主體，所獲得的傾向也跟著不同。

隨著這個初級教育逐漸地灌輸給社會施為者，這個社會施為者會越來越傾向依照他的初級慣習來接受新的經驗，以至於已經學習到的傾向會不斷制約往後之新傾

2 P. Bourdieu, *Choses dites, op. cit.*, p.156.

向的獲得。隨著社會施為者的實際經驗逐漸累積，在原有的初級慣習上，又加上了**次級慣習**，而在次級慣習當中，又以接替及強化家庭慣習的<u>學校慣習</u>最為重要。事實上，如果最初的學習真的能制約最近所學的，則每次新的學習也將能融合入整體之中，成為一個不斷隨新狀況的產生而進行必要調整適應的慣習。<u>慣習是一直不斷地在重新建構的內在結構。慣習也是過去和現在經驗產品。這表示慣習不是固定不變的。</u>這也表示我們的行為習慣和再現從來不是完全被事先決定的（社會施為者仍有選擇），也不是完全自由的（這些選擇受制於慣習）。然而，我們的傾向系統並不是隨著情況和我們的經驗而不斷形成又瓦解的東西。事實上，<u>慣習擁有非常頑強的慣性</u>。

▶ **每個人都只是某種階級慣習的不同版本**。

這是一種同形構造關係，也就是同質性裏的多樣，反映出他們生產的社會條件之同質中之多樣，使得同一階級的不同成員可以統一在特殊的慣習

裏：每個人的傾向系統都是其他人的結構性的變種，而這個變種表現出來的是在階級內的位置之特殊性及其歷程的特殊性。所謂「個人」的風格，或者說同一慣習之每個產品都帶有的特殊印記，只不過是一個時代或階級特有風格的不同版本（變種）。……個人慣習的差異來源，在於社會變動歷程的特殊性，所謂的社會變動歷程，相當於一連串按時間順序排列且彼此不可相互化約的決定性因素：時時刻刻，慣習都按照先前經驗所形成的結構來組成新經驗，而這些新經驗又在它們選擇權允許的限制之內影響這些結構，慣習完成了同一階級（統計上）多數成員所共有之經驗的一個獨特之整合工作，雖然整合仍受限於最早的經驗。[3]

因此，簡單地說，我們可以肯定，個性的差異只不過是社會性格的變種，而社會性格只是一個階級慣習的產品。經過統計的類比，存在所謂的眾數慣習（habitus

[3] P. Bourdieu, *Le sens pratique, op. cit.*, p.100-102.

modal），眾數是指人數最多的一類統計特性之值。在這個代表性及可能性都最高的眾數慣習四周，則有相應於「個體性」的離散差。造成這種和「正常」慣習的差距（離散差），乃取決於個人的歷程及位置。

3. 這種社會化的研究方法可以打破傳統的解釋

我們可以把兩種社會化的理論拿來對比。對整體論者來說，個人只是依照環境限制下的條件模式而從外強加的規範和價值之接收器。「社會」制約著消極的個人。因此，個人的行動受制於其文化，而超越個人的社會邏輯也決定了其行動。相反地，**個體論者**認為，規範和價值只是提供給個人的種種可能性，個人在扮演其社會角色的時候，總是有一定的自由度。個人行動是從理性策略的角度來解釋：個人所做的選擇是為了最大化其效果；其行動的邏輯為理性的經濟人邏輯。

布赫迪厄認為這種個體論和整體論的對立是人為製造出來的。慣習如同一個中介者般地處於客觀關係和個人行為之間。慣習這一概念，可以超越客觀主義／主觀主義二選一的對立。[4] 我們的行為並不是在簡單地執行

明確的規範，而是表現出我們從慣習所獲得的一種遊戲
感：現實感。現實感指的是，依照在社會空間中所占的
位置，依照場域邏輯及我們所身處的狀況之邏輯，而移
動、行動、定位的能力；多虧了學習所得的傾向能自主
的運作，這種能力是不需要訴諸有意識的思考。

　慣習也意味著，決定行動的因素，並不只是為了尋
求經濟利益。因為這個理由，布赫迪厄把個人定義為一
個社會施為者（agent）而非社會行動者（acteur）。社會
施為者（從內部）被作用，也能（向外）作用。從這個
預設出發，可以設想出一個真正的實踐經濟。「經濟」
在此是取廣義上的意涵，即邏輯結構。說有一個實踐經
濟，等於是說有內在於實踐的理由，而其根源既不是在
一種昭然若揭的算計之中，也不是在外在於社會施為者
的外在制約當中，而是在慣習之中。

4 參見第2章。

二、慣習的結構性作用

1. 慣習可以用來解釋社會運作的邏輯

▶ 同一社群裏的慣習一致性，是社會裏不同的生活風格的基礎。

• 所謂的**生活風格**，是指可以有系統地代表一個階級或其中一部分成員的品味、信仰和習慣的總和。它包括像政治立場、哲學信仰、道德信念、美學偏好，乃至飲食、服裝、文化和性行為等習慣。生活風格類似於生活方式或生活模式的概念，但偏重質的面向，相對於以個人或團體所擁有的財貨數量來衡量的生活水準。在同樣的生活水準之下，可以有非常不同的生活風格，布赫迪厄認為這是因為慣習的不同。

慣習概念的一個功能，是讓我們可以理解結合一個社會施為者或一個階級的實踐及其財貨的一致風格……慣習是這個一致性的形成和統一之根源，它把一個位置內在的和關係的特性，轉譯成統一的生活風格，即對人事物的選擇之統一體。慣習做為位

置的產品，也和位置一樣是被分化的，但慣習也是
分化者。能區別的及被區別的慣習，同時也是區別
的操作者：慣習運用不同的分化原則，或不同地使
用共同的分化原則。慣習是不同的及特殊的實踐之
形成根源……但也是分類的圖式，分類的原則，觀
點及區分的原則，不同的品味。慣習區分好壞、善
惡、優雅及粗俗等，但這些區分因人而異。比如
說，同一舉止行為，有人覺得高尚，有人覺得傲慢
自大，有人甚至覺得庸俗不堪。[5]

• 法國現代社會有三種不同的生活風格。

宰制階級成員的慣習建基在秀異的概念上。即藉著
儀態（身體上的自在）及語言（精練的詞彙）、室內陳
設的選擇（偏好古典家具），或度假地點等來凸顯其傑
出性。但是因資本結構的不同而分裂（見前一章）的宰
制階級裏，存在著兩種對立的生活風格。經濟資本擁有
者的富裕，表現在像旅遊、藝術品或名牌汽車的擁有等

---

[5] P. Bourdieu, *Raisons pratiques. Sur la théorie de l'action, op. cit.*, p. 23.

合法文化符碼上。<u>文化資本擁有者，則是以閱讀、偏好</u>
<u>古典音樂或戲劇</u>，來表現其優越感。因此，前者的禁慾
品味對立於後者隨心享欲式的貴族氣。此外，<u>資產階級</u>
<u>的新舊也影響到其慣習</u>：汲汲於生產及累積的舊資產階
級表現出刻苦耐勞、嚴以律己、精打細算的生活風格。
與其相對立的是，擁有豐富文化資本的新資產階級敢於
花錢享受的消費享樂主義。

小資產階級成員的慣習，則表現在他們為求<u>社會晉</u>
<u>升的嚴格意志上，是一種既拘謹又自負的特色</u>。布赫迪
厄在《區別》一書中寫到：「小資產階級的慣習，是指
把社會、個人和集體的變動過程傾向內化成習性，同
時，這個社會晉升過程也藉這個習性得以延續及完
成。」但是，從生活風格來看，這個階級並非是一個均
質的團體。<u>上升的小資產階級所發展出來的慣習，類似</u>
<u>於新資產階級</u>。它是基於「快樂的義務」，表現出注重
保養、休閒及健康均衡的飲食。<u>沒落中的小資產階級</u>，
<u>則顯得比較傳統樸素</u>，著重工作、秩序、嚴格、細節
等。

普羅階級的慣習明顯地表現在必要性及對<u>此</u>的適

ask what.

應。因此，在這種急迫性的壓力之下，使他們拒絕選擇
沒有任何用處的審美習慣。例如，我們看到工人階級比
任何其他階級更常說喜歡「整潔有序」的家，「簡單」
的衣服。他們慣習的第二個特性是，把體格健壯當成是
陽剛的一面。例如：他們食量驚人且好健身。這些習慣
都和他們的處境有關：他們是出賣體力的勞動者。

▶ **每個場域都各自由一群擁有同一慣習的社會施為
者為代表。**

　　如果說慣習是社會屬性的產物，則它的構成也同樣
和場域有關。科學場域的社會施為者，其慣習和在政治
場域者的慣習不同。一般來說，所有的場域都施予其社
會施為者多方面的教育，使他們獲得進入社會關係中所
需的知識。

　　慣習和場域的關係，首先是一種條件制約的關
係：場域結構慣習，而慣習是內化這個場域內在必
要性（或一群多少協調一致的場域總和）的結果
——矛盾的產生，可能是導因於分裂或撕裂的慣

習。但是，慣習和場域的關係也是一種建構認知的
關係：慣習把場域建構成值得投注精力且有意義的
世界……也因此可以說，社會現實存在了兩次，在
事物當中及腦袋裏，在場域裏及慣習裏，在社會施
為者的裏面和外面。當慣習和產生它的社會發生關
係，這種關係如魚得水，社會對它來說是再自然也
不過了……這是因為社會生產了我，社會生產了我
（對社會）所使用的範疇，社會對我而言是自然而
然、天經地義的明顯事實。6

也有一些場域是以特殊的慣習為基礎：象徵性財貨
的生產場域，像宗教場域或藝術場域。大家都假設投注
於這些場域的社會施為者是「沒有利害關係的」。在這
些場域裏的交換，是非金錢的交換，其運作的邏輯就是
不求利益。但這也預設了委婉化及否認：算計在這裏是
個禁忌。

因此，藝術家的慣習是透過場域的關係而逐漸建構

6 P. Bourdieu avec L. J. D. Wacquant, *Réponses...*, *op. cit.*, p. 102-103.

布赫迪厄
社會學的第一課

出來的，這個藝術場域剛開始視商業成功為次要的：象
徵資本的累積才是重要的。同理，宗教場域要靠奉獻、
自願、犧牲。在天主教堂裏，聖事絕對不能化約為純粹
經濟的考量：聖職人員並不是一個「飯碗」（行業），他
只是在侍奉神。教士本身的地位曖昧，其生活常令人不
解：他們雖窮，但只是表面的窮，而且是選擇性的窮。
這種結構適合那些懂得「把實踐和論述模糊化」的慣
習，那些懂得操弄兩面手法但不承認雙重意義的習態，
因此可以同時累積宗教和經濟利益。[7] 因此，宗教工作
需要大量的精力，去把帶有經濟意味的活動轉化為聖
事。

2. 慣習穩固社會規律

▶ 這是社會再生產的重要因素。

擁有同一慣習的社會施為者，不需經過商討，就能
英雄所見略同，不管是在伴侶、職業，或家具的挑選
上。追隨個人品味、實踐個人計畫的社會施為者，無意

---

[7] P. Bourdieu, *Raisons pratiques. Sur la théorie de l'action, op. cit.*, p. 209.

識卻自動地和其他人所見略同。因此我們在觀察所有社會的運作時，都會有這種事先建立好的和諧的感覺（至少是相對的和諧）。可以用音樂的類比來理解這個作用：社會施為者有點像就同一主題即興演奏的音樂家，每個人的演奏略有不同，但卻和諧地和其他人的演奏搭配在一起；慣習是不需要樂團指揮的樂曲協調者（或看不見的指揮）。<u>集體行為的一致性和統一性是慣習造成的</u>。

　　另外，**慣習也調整客觀的機會和主觀的動機**；它讓人誤以為在實踐和再現之中仍有選擇，實際上，個人只是運用那塑造了個人的慣習而已。

　　要假設有慣習的存在才能理解到下面的事實：不需要真的是那麼理性，也就是說，不需要使行為達到極大化效果，或更簡單地，不需要計算，不需要明白揭示其目的，也不需刻意玩手段以達目標，總之，不需要計謀或計畫，社會施為者就已經是理性的，沒有發瘋的，沒有瘋狂之舉的（是指像我們所說購買超過其荷包負荷的瘋狂之舉）：社會施為者

114

布赫迪厄
社會學的第一課

> 比我們所想像的還不奇怪或還不過分，這正是因
> 為，經過漫長而複雜的制約過程，他們內化了他們
> 所有的客觀機會，他們知道解讀他們的未來，這個
> 未來是為他們訂作的，他們也是為這個未來而被建
> 構出來（相對於我們所說的「這不是為了我們」）
> ……主觀期望和客觀機會的辯證充滿著我們的社
> 會，而且大多數的時候，這個辯證傾向使主觀期望
> 去配合客觀機會。[8]

　　這種客觀機會的內化在社會策略當中，扮演舉足輕
重的角色，不管是在學校、就業市場、婚姻、學術或政
治裏。

　　慣習使一連串符合灌輸教育及符合客觀規則的行為
及態度成為可能：慣習產生**內化的外在化**。這種思想、
認知、行動的無意識圖式之外在化，使得社會施為者所
有的思想、認知、行動都和客觀規則及階級關係相一
致，雖然他們還以為是自發的創見。因此階級慣習的結

8　P. Bourdieu avec L. J. D. Wacquant, *Réponses...*, *op. cit.*, p. 105.

果是，施為者的行為方式，正好使得階級間的客觀關係得以延續下去。

► 社會變動對慣習之影響。

一方面，存有當慣習**當初形成的環境和它要去作用的環境出現失調**的時刻。事實上，我們的慣習是在特定的社會情況下構成的。只要慣習形成的客觀環境持續存在，它就會適應這些客觀環境，使得社會施為者在慣習習慣運作的場域裏，能正確地採取適應於不同狀況的行為。但是如果客觀環境改變，慣習卻因慣性而不會跟著改變，這時我們稱之為**滯後作用**（hysteresis），亦即果在因消失之後還能繼續存在。在舊慣習和新客觀環境脫節時，這個落差就表現為社會施為者不合時宜的行為：他表現「笨拙」、出「差錯」、做「傻事」；他會說或做些「不得體」的事，也就是說，他做符合他以前社會位置上的行為（他的慣習形成之處），但這行為卻不符合他現在的位置（環境已經改變）。

這樣我們就可以解釋某些作者所謂的「世代衝突」，甚至「代溝」。父母的慣習和子女的慣習之差距，

是許多社會化機構（像學校、媒體，或同儕團體）所造成的，結果是產生一種不被了解的感覺。彼此之間的認知行動圖式可能是不同的。法屬北非殖民地的移民就是一個例證：那些在法國出生的移民家庭第二代，生活在兩種慣習對立所造成的文化衝突當中。一邊是父母維持傳統的慣習（特別是宗教傳統）；另一邊，則是在同化的過程中，第二代的子女與年輕的法國人在實踐上及再現上越來越接近的慣習：自由結合、兩性共同分擔家務勞動、減少生育、低度宗教參與。

　　另一方面，慣習會隨著社會施為者所經歷的社會歷程而重新建構，所謂社會施為者所經歷的社會歷程是指，社會晉升、停滯或下降之實際及內化經驗。事實上，如果慣習是在一個不同的動力下構成的，亦即在一個往上或往下的演變過程中，或在生存環境的改變之中或穩定不變之中，慣習的建構都會隨之不同。因此不僅需要研究社會施為者的位置，也需要研究造成社會施為者占有這個位置的社會歷程。

　　舉例來說，我們可以比較兩個個人的歷程，以衡量該歷程會對慣習造成那些可預見的影響。一個工人的兒

子,在成為工人、娶了工人的女兒後,他將面對的是類似於他的工人慣習形成的狀況,他也會用之前所學的慣習來反應,藉此,有助於整個工人階級的再生產。但是,一個工人的兒子,如果成為辦公室的職員,而且娶了辦公室職員的女兒,他將面臨前所未有的狀況,他必須創造新的做法來因應:他的工人慣習使他成為一種特殊的職員,因為他的家庭、職業和文化狀況都像工人而不像職員。要適應新狀況,他必須轉化他原來的慣習。

因此,就像布赫迪厄所寫的:

慣習並不是我們有時候所認為的命運。做為歷史的產物,慣習是開放的傾向系統,它會不斷地碰到新的經驗,也不斷地受其影響。慣習是持久的,但不是不變的。話雖如此,我必須馬上加上一句:大部分的人(從統計上來看)注定會碰到和他們原先慣習產生的狀況相一致的狀況,所以也注定擁有能強化他們傾向的經驗。[9]

---

[9] *Ibid.*, p. 108-109.

　　布赫迪厄所提的慣習之概念，讓我們可以用同一個
研究方法，去理解從整個社會學場域形成以來的所有核
心問題。首先，慣習指出人是社會的產物，對他而言最
自然而然的行為（好像天生就是如此的行為），事實上
只不過是後天所學（各種社會經驗）的結果：個人的個
性只不過是由階級屬性構成的社會性格的一個變種。慣
習接著讓我們了解到個人和集體行為的邏輯，以及讓我
們可以在不同場域行動的社會遊戲感。慣習也讓我們理
解到社會再生產的機制：藉由「外在性的內化及內在性
的外化」，個人才覺得「適得其所」。同時，如同場域的
概念，慣習在布赫迪厄的理論裏占了一個整合性概念的
地位：所有的研究都要引用它。第5章及第6章更是明
白直接地訴諸這個概念。

培養差異性

區別的邏輯

文化社會學和布赫迪厄的宰制理論是分不開的：正是透過文化，宰制者才能穩固其宰制。文化也是一個層級化的意義系統：文化成為社會群體鬥爭的焦點，而這個鬥爭的目的在於維持社會階級之間的區別性。由此展開一整個衝突及象徵性暴力的分析領域，藉此分析，讓我們開始探詢造成被宰制者主動接受宰制的機制。最後是文化實踐邏輯之分析，而只有參照主流文化才能理解文化實踐。

一、文化：鬥爭的焦點

1. 布赫迪厄認為最重要的是，把文化看做是一種在一特殊場域生產出來的資本

▶「文化」一詞有許多說法。

首先，從人類學的意義來看，文化指的是某一人類團體特有的做事、感覺、思考之方式。我們建立這整個文化的概念，是為了要和自然的概念相對比：所有後天所獲得、可以傳下去的一切（與先天者對立），所有使人成為其自身生存條件之創造者的一切，都屬於文化。

依此來看，不管是什麼社會，當它設計出某些專門的做法、行為規範及建構出一個世界的再現時，其社會裏的各個團體就是在分享一種文化。文化建構一個大整體的集體認同，例如，我們所說的西方文化，或某些特定群體的文化，像依尼特族（Inuits；註：愛斯基摩人的一支，居住在加拿大和格陵蘭一帶）的文化。

　　一般意義下的文化，指的是一個人所擁有的科學、藝術、文學知識；這時，有教養的人和「沒教養」的人相對立。從整體社會的層次來看，文化指的是智慧遺產及藝術遺產。為了避免混淆，在這種情況下，社會學者談的是精緻文化或仍舊是「有教養」的文化。總之，是知識菁英的文化。圍繞這個文化概念的大問號，是它和**通俗文化**──由大眾媒體（報紙、廣播、電視）及其他文化性企業（像電影和唱片工業等）所傳播的知識及價值──的關係。讓某一標準化文化普及傳播，是文化單一化的基礎。

　　最後，社會學意義下的文化，相當於由多數人所學得並且能共同分享的價值規範及實踐之總和。這個定義顯然是受到人類學的影響，但已經沒有自然／文化對立

布赫迪厄
社會學的第一課

的提法。在法國做的有關**文化實踐**的社會學調查，用的是對文化較為寬廣的定義。不只是和藝術作品有關的財貨和勞務被視為文化活動，傳播（廣播、電視、報紙）及休閒（閱讀、上餐館、看戲劇或歌劇，做運動等）也都算是文化活動。因此，在社會學寬廣意義下的文化，包含了精緻文化，但並不把精緻文化化約為最「貴族」的、最「知性」的文化實踐。可以說，社會學定義廣納了各種不同的說法，反而使得文化這個概念非常難以使用。

談到文化時，之所以用複數形式（cultures），是因為**文化的多元性**。因此，在同一個文化之內，會有一些不認同主流實踐及主流再現的社群。多元性取代了假設所有人共有一個文化的文化統一性。與傳統社會相較之下，工業社會複雜得多，且每個人在社會結構裏的位置也不相同。也因此存在有各種不同的文化。這些文化可能是以特殊的地區特性為基礎，例如法國**布列塔尼**的文化或**亞爾薩斯**文化；也可能是來自不同的社群，像工人文化。所以我們把社會當中某一社群特有的價值和行為，稱之為**次文化**（sous-culture），把反對主流文化並提

倡新的文化規範者，稱之為反文化（contre-culture）。

閱讀布赫迪厄有關文化的作品並不是那麼容易，因為布赫迪厄同時混用了不同的定義。他認為文化不只是藝術文化遺產的獲得，也是某種實踐及價值的優先秩序。但是，在分析中最重要的，是把文化當成一種資本（參見第3章）。正因為如此，在一個逐漸自主化的場域中，文化才會成為鬥爭的焦點。

▶ **文化生產邏輯必須先經過文化場域自主化。**

如同所有的場域，文化場域的運作也像是一個有生產者和消費者的市場。

生產者生產所謂的「象徵符碼」，而象徵符碼是由差異性文化系統組織建構起來的。這些差異性文化系統是由對繪畫、電影、電視、廣告的「看的方式」，對創作與發行之小說或詩的「感覺的方式」，對學習數學、歸納文章或評論的「思考的方式」等所構成的。隨著這個象徵世界的發展及建構，文化場域也擁有了自己的制度、組織、控制人的模式，以及能夠反過來去建構社會關係的某種自主性。所以，**象徵符碼的生產，需要先有**

社會施為者的自主化過程，因為自主化的社會施為者才會致力於這個文化生產，並藉著這個生產過程而專業化。

　　我們可以拿「知識分子」出現的歷史做例子。自從文藝復興時代以來，一種原本附屬於教堂的文化形式，開始轉變為分化成新科學、文學及藝術等不同方向的一個知識場域。印刷技術的進步（受印刷品需求之增加所刺激），很快地為一個新產業催生。十七世紀時，在文學這個次場域裏，開始有了專業作家的出現，他們反對教堂、君主、書商、編輯等所有限制其書寫自由的人對他們的控制。同樣的情形亦出現在繪畫、音樂、戲劇等領域。

　　今天，文化生產場域已經自主化了。它是由許多專業的生產者所構成的。彼此競爭的理論和分析，就是這些專業者耕耘的結果。所以文化並不只是所有的作品總和，還包括如何去建構對世界的認知，及用什麼方法去描述及理解這個世界。文化是認知圖式的總和。擁有豐富的文化資本及公認的合法權威的人，製造或表達了這些認知圖式：像被認可的知識分子、重要的記者、代表

性組織的領導者（如工會、壓力團體等）。信仰、價值、教條的創立、社會理論等，剛開始都是在小圈子裏發展出來的。但是把這些理念傳播到整個社會，並且讓社會接受這些理念，並不是一個自然而然的過程。

2. 主流文化需要一個合法化的過程，而這個過程免不了要經過象徵衝突

▶ 鬥爭的焦點在於如何能強制一套對社會的合法定義，以便穩固社會秩序的再生產。

我們必須要了解：任意的一個階級文化，是如何成為合法文化。布赫迪厄認為主流文化就是宰制階級的文化，宰制階級藉由長期的合法化工作，使人忘記其文化原本也只是任意的一個文化。合法化是指成為擁有合法性的過程。任意是指那些只是事實上的存在而非法律上的存在，因此，不能要求也沒有理由得到他人承認；因為是任意，所以沒有合法性。而合法化的過程將導致階級之間的衝突。但是，這種階級鬥爭並不是發生在「被動員」的階級之間（它們為維護或改變客觀結構而鬥爭），而是發生在「客觀」的階級之間（這裏所指的客

觀階級是處於同一生存條件下的所有社會施為者）。

▶ **這裏的階級鬥爭形式是一種象徵的鬥爭。**

因此，布赫迪厄認為，象徵衝突的目的，在強迫眾人接受某一種符合社會施為者利益的世界觀；這個世界觀是有關在社會空間裏的客觀位置（客觀的一面），以及有關社會施為者賦予社會的再現（主觀的一面）：

有關對社會世界的認知之象徵鬥爭，有兩種不同的形式。從客觀面，我們可以進行展現集體再現或個人再現的行動，目的是為了讓人看見或凸顯某些社會現實：例如某些示威遊行活動，是為了展現一個組織的人數、力量及凝聚力，並讓人看見它的存在；在個人的層次上，所有展現自己的策略……為了塑造自己的形象及特別是……在社會空間裏的社會位置的形象。從主觀面，我們可以試著改變對社會的認知及價值判斷範疇，以及其認知結構及評價結構：認知的範疇、分類的系統，而最主要的部分，是那些字，或者說，那些建構及表現社會現實的名

詞，這些字詞特別是政治鬥爭的焦點，為強制合法
的區分方式及合法的觀點原則而進行的鬥爭……[1]

何謂合法性的文化，就成為所有社群及所有社會施
為者所要面對的最重要的問題，因為這牽涉到現存秩序
的維持或改變，也就是說，權力關係的維持或推翻。所
以社會現實也是一種意義的關係，而不只是權力關係：
除非永遠只靠武力來維持，否則，所有的社會宰制都必
須被承認及被接受為合法的宰制。這表示需要一種象徵
權力的運用，以灌輸某種意義，使其成為合法的意義，
同時掩飾做為其力量根基的權力關係。從這個觀點來
看，社會關係也是任意的文化之間的競爭關係。因為是
發生在象徵場域，布赫迪厄把這些文化之間的競爭關係
叫做「歸類的鬥爭」。

▶ 象徵暴力是以社會認知範疇的灌輸為基礎。

[1] P. Bourdieu, *Choses dites, op. cit.*, p. 159.

從最簡單的方式來說，象徵暴力是與社會施為者共謀而施於社會施為者自己身上的暴力形式……比較嚴謹地說，社會施為者是認識施為者，即使是受制於決定論，卻也能使得制約者的制約力更有效，因為他們結構其制約者。幾乎總是在決定因素（制約者）和認知範疇（對制約者的認可）間的調整裏，才會出現宰制的效力……我所謂的「無法辨識」，正是因為只有當人們認不出暴力時，才會同意暴力的施行；正是因為社會施為者接受這整套不需經過思考的基本預設，他們才會把世界當成是自然而然，或認為世界本來就是這麼一回事，這個「理所當然」，正是因為社會施為者把從這個世界自身結構內化而來的認知結構，應用在這個世界的關係。因為我們生在一個社會當中，我們就接受一些不言自明且不須刻意灌輸的大前提。這也是為什麼去分析對主流意見的接受（l'acceptation doxique）（導因於客觀結構和認知結構的一拍即合），會是宰制及政治現實理論的真正基礎。[2]

2 P. Bourdieu avec L. J. D. Wacquant, *Réponses...*, *op. cit.*, p. 143.

　　主流的再現，所謂的doxa（**主流意見**），亦即眾人
之說、根深柢固的信仰、成見、所有不必討論的自明之
理，之所以能在整個社群或整個社會裏大行其道，正是
因為它經過一個灌輸的過程，**而其效力乃決定於兩個因
素**。

　　首先是從特殊環境產生的**特殊要求之合理化（使之
成為一般性及普遍性）的過程**。例如自由的爭取。對於
知識分子來說，自由指的是言論、寫作、出版的自由；
對企業老闆來說，指的是定價、調薪水、雇用及解雇的
自由。只有當自由被建構成所有人都能引用的正面價值
時，包括文盲或經濟上完全依賴他人者，自由才成為具
有普遍性價值的自由。我們常會藉科學或理性之名來提
出這些範疇，但實際上，真正存在的是一種知識、文化
的權力關係，而且這種權力關係才是這些範疇的基礎。

　　這時應該要強調**語言**這個角色的重要性：對合法性
的定義逃不了「用字之爭」。替某事物取這個名字而不
取那個名字，等於是使這個事物用不同的方式存在，或
甚至是使它消失。所有被宰制者的範疇，不管是性別、
年齡、種族、宗教或職業，都時常會被人拿來貶低，只

布赫迪厄
社會學的第一課

是貶低的手法有粗俗或細緻之別。例如把郊區年輕人稱為「小混混」或「幫派」，這等於是打下烙印，給他們一個負面的形象。

▶ **信仰的傳播也是要靠制度化的機構。**

制度指的是決策機關，其角色就是要建立事實，使社會關係能正式地存在，並鞏固這些社會關係。在它們各自的領域裏，制度可以強迫社會施為者接受制度對現實的某些合法定義，而社會施為者事先就對制度採取信任的態度。制度利用它們特有的權威來認可社會施為者對某些財產的要求。制度也建立在敵對信仰的貶低上。某些社會行動者占了一個有力的位置可以強制它們的再現系統，這是因為他們可以掌握像學校、宗教或政治組織及媒體之類的社會化機構，或至少能行使一種特殊的影響力。

制度的威力在於它們的任命權。它們頒布頭銜及官方標誌，同時，藉著莊重的受職儀式，提名、命名、使就職，或正式接受某些社會施為者。藉此，它們強制被認可的社會施為者接受一個典範，同時啟動接受官方說

法者的再現。例如，提名某人為法蘭西學院的院士，他
必然會使自己符合制度期待他所扮演的角色。所有的學
校儀式都是如此，透過各種考試與測驗，學校在人與人
之間畫起一道界線；學校儀式有點像社會的魔法，把最
後一名錄取者和落榜第一名之間的差別，建構成一種本
質上的差異性。

　　制度儀式的象徵效力要靠一個雙重條件。一方面，
制度所針對的社會施為者，必須早已準備好要臣服於制
度之評判。一個無神論者不會在意宗教上的報償。官方
說法也只能在認知上及情感上都準備接受其說法的人身
上產生作用。另一方面，對現實的定義，需要由有權威
的社會施為者表達，也就是那些從其象徵資本獲得權威
的人，這些人也是多虧了場域的制度之判決及認可，才
能累積他們的象徵資本，然後他們又成為制度的代言
人。沒有人敢合法地自稱是醫生，如果只有他的麵包師
傅承認他的醫術高明。

　　由這些複雜的過程中產生出來的合法性，也存在於
不同階級的文化實踐當中。

ok　社会由不同階层所组成. 高階單化階、而各階层中共有
個差. 各階層中也有單制。~

二、表現出社會屬性且立基於一個區別邏輯的文化實踐

1. 一個合法文化的存在，才能建構文化實踐

▶ 社會空間充斥著為累積象徵資本的鬥爭。

如果沒有經過能夠引起贊同的再現。任何客觀屬性都無法維持。家財萬貫卻生活得像流浪漢，會引人非難；相反地，掩飾生活拮据，卻對外表現得不吝於開銷，反而社會大眾比較能接受。差別就差在象徵資本。從社會的角度來說，眾口鑠金，只要人們相信一個事物的存在，它就存在，反之，如果沒有人要相信它，它就是不存在的。這樣看來，我們可以說象徵資本是一種他人賦予社會施為者的信譽（信譽指的是事先給予的信仰及信任），因為他人承認這個社會施為者所擁有的某些正面特質。

社會空間之所以能運作，是因為個人及社群願意去區分，也就是說，追求各自之社會認同，而正是這個社會認同使得自身的社會存在成為可能。最重要的是被其他人承認，獲得分量和能見度，以及具有某種意義。這

個社會認同要靠姓名、隸屬於某個家庭（如某一家世）、國籍、職業、宗教、社會階級，這些隸屬可以提供標籤或標記給個人。存在於社會，主要是指被覺察到，也就是說，使他人承認他的特性，越正面越好。因此有必要把一個客觀的特性轉換為象徵資本。如果在某個場域裏，一個社會施為者成功地使他人認可其聲稱擁有的資本，這個社會施為者就可以從不過是想像的特性中，獲取實際利益。

這也意味著宰制者必須擁有聲望，也就是說，累積使他人相信其優點的象徵資本。因此，他們要塑造他們的領袖魅力（奇里斯瑪），而且只有當被宰制者賦予宰制者一些特殊且正面的特質時，這個奇里斯瑪才能存在；擁有某些特質的個人（這些特質使他們擁有特殊的社會影響力）被賦予奇里斯瑪權力，而這個權力其實是取決於被宰制者為了宰制者的利益而授權這一事實上，宰制者之所以能施行權力於被宰制者身上，只不過是因為被宰制者把權力拱手交到宰制者手上。這也解釋了，靠著大環境及積極有效的輔助（其中，媒體代表著現代最有效的形式），不管在哪個領域，許多庸才之輩也得

以晉升到其實際能力無法企及的權位之上。

▶ **文化財貨的消費**，是為了社會區別。

積累文化資本的意願，使我們可以解釋文化經驗。所有經驗的研究都指出，宰制階級比其他階級更常去參觀博物館、聽歌劇、上圖書館或買書；文化財貨的消費是很不平等的。這並不只反映了經濟上的不平等，也反映了區別策略的運作，這就是文化領域的階級鬥爭。這個日常階級鬥爭的表現形式，通常是微妙而不為人所注目的，而鬥爭的目的是為了爭取各種實踐的合法之層級化，也可以說是一種社會歸類的鬥爭。

布赫迪厄認為，文化財貨是依某種層級而被歸類的。古典戲劇相對於通俗喜劇，騎馬或打高爾夫球相對於慢跑或足球等。有高級文化（像古典音樂、繪畫、雕塑、文學、戲劇等），以及正在被合法化但沒那麼高級的文化活動（像電影、攝影、唱歌、爵士、動畫等）等不同類別。但在每一種類別裏，還有不同層次的區別。例如在古典音樂裏，還可以區分為大眾品味（《藍色多瑙河》）、中等品味（《藍色狂想曲》）、高級品味（《平均

律鋼琴曲》)。

因此，<u>對這些文化財貨的認識和消費，是有分級作用的，</u>因為當社會施為者潛心於某個文化活動並展現他們的品味時，不但彼此之間在相互歸類，而且甚至相互對立。所以，文化場域的運作，就像是一個從最合法到最不合法的歸類系統，或說得普通一點，從高級到庸俗的歸類系統。社會施為者因此可以對其他階級的人，採取各種區別策略。有太多的場合可以表現區別，甚至在最平常的活動裏：如服飾、室內裝潢、旅遊、休閒、運動、烹飪等。因此，就像布赫迪厄在《<u>區別</u>》一書中所寫的，有品味嗜好就有<u>反胃厭惡</u>：<u>嗜好的運作，有整合的作用，可以展現階級屬性，但是也有排斥的作用。</u>

《區別》.

2. 在文化實踐的<u>形式</u>及其<u>內涵</u>裏，都有社會的分化

▶ **任何一個文化實踐都逃不掉社會分化。**

大眾文化一詞，常讓人誤以為所有的人都能從事某一文化活動，而且這個文化活動的意義對每個人來說都是一樣的。布赫迪厄則反駁這個「<u>文化的共產主義</u>」美夢，<u>任一文化實踐的參與都帶有階級屬性的色彩，</u>而如

果我們還記得，正是<u>階級屬性構成了特殊的慣習</u>。

　　就像**攝影**這個嗜好。從1961年到1964年間，布赫迪厄帶頭進行調查，並把調查結果集結出書，書名叫做《一種平凡的藝術》（*Un art moyen*）[3]，書中的例子證明了，一個所有人都可以從事的嗜好，可以有不同的運用及不同的再現。事實上，攝影的廣為流傳，是因為攝影的推廣不再受限於技術上及經濟上的因素，尤其現在攝影器材操作越來越簡單，價格也越來越便宜。攝影也不需要高深的學問或特殊的訓練。攝影的大眾化反而讓我們看得更清楚，<u>不同的社群會賦予攝影這一文化實踐完全不同的價值及意義，並藉此表現他們的不同（區別）</u>。從不從事攝影，以及攝影有什麼意義，這些都可以顯示與他人的不同之處。

　　<u>在普羅範疇裏</u>，就可以看到不一樣的態度。對農人來說，他們把攝影視為城市的文化活動，因此對攝影態度保留。攝影被當做是一種奢侈品：在農人的慣習裏，生產工具現代化的投資花費，要比休閒及無意義的消費

---

[3] P. Bourdieu (en collab. avec L. Boltanski, R. Castel et J.-C. Passeron), *Un art moyen*, Paris, Les Éditions de Minuit, 1965.

重要得多。反之，工人階級則馬上就支持攝影。但是工人階級的攝影，完全不重視美感。只有攝影的功能受到重視：攝影是為了維繫家族團結，在各種重要的家族聚會場合（受洗、結婚等）做為社交聯誼之用。

　小資產階級成員則反對攝影的聯誼功能。他們把攝影視為一種藝術，而不是為了留下紀念。攝影讓他們想起繪畫。有些大量而密集地從事攝影的人，甚至可以找出和大眾文化完全不同的攝影觀，完全跳脫攝影的家族維繫功能，甚至去找一些不「值得」拍攝的東西做為其攝影主題（一棟建築物的細節、某人的手等）。

　相反地，**上層階級**則把攝影排在美學活動位階的下層。他們很少拍攝，因為他們把攝影當做是一種次級的藝術。攝影的大眾化及普及化使他們覺得攝影的不入流。有教養的文化通常是指上博物館或歌劇院，就像布赫迪厄1966年出版的《藝術之愛》（*L'amour de l'art*）[4] 所指出的。

　這個調查發表的十五年後，布赫迪厄再度在《區別》

---

[4] P. Bourdieu, A. Darbel, *L'amour de l'art*, Paris, Les Éditions de Minuit, 1966.

一書中，質疑攝影對不同的社會階級來說，到底是什麼關係。**如果攝影真的是越來越廣為流傳，應該要問業餘攝影者到底是怎麼看待攝影。**因此，布赫迪厄拿出一張顯示「老婦人的手」的相片，要受訪者去評價。

　　判斷的性質反映了藝術鑑賞力層級之高低。普羅階級是用內化的實踐價值（ethos）來評判相片，完全不考慮美感。他們認為所有的相片都應該有某種功用。社會層級越往上，他們的說法反而也越抽象，攝影成為表達普遍意義的機會，例如「老婦人的手」表達的是體力勞動者生活的艱辛；他們也會大量引述繪畫、雕塑或文學的美學觀點。因此，攝影就算真的是在整個社會階層裏廣為流傳，主流範疇仍能繼續其區別的策略：拒絕攝影的一般用法，賦予平凡之物一種美感，這麼一來，攝影就變成有教養文化的一部分。[5]

　　▶ **與文化的關係，隨著階級而不同。**
　　文化的消費隨著社會階級的不同而不同；也隨著在

[5] Voir O. Donnat, *Les pratiques culturelles des Français, 1973-1989*, Paris, La Découverte/La Documentation française, 1990.

社會空間的位置而不同，也就是說，隨著所擁有的資本總量及資本結構的不同而不同。因此，我們可以發現在階級結構和品味嗜好及其實踐結構之間，有某種結構上的同形關係（參看第3章的圖表）。宰制階級透過某種區別策略來維持其位置，也藉由定義「好的品味」並強加在其他人身上來維持其宰制位置。區別的邏輯就是要在各個文化實踐之間，維持足以區別的差距：一旦一種實踐被傳開，失去其區別的能力，我們就得找另一個屬於宰制階級所有的實踐來取代之：在體育休閒活動裏，隨著網球運動的民主化，宰制階級也越來越疏遠這個運動。同樣地，宰制階級可以透過語言來強制新的意義，更何況宰制階級掌控語言的能力優於其他階級；布赫迪厄認為，宰制階級甚至壟斷了合法的語言能力，也就是說，既符合文法的規則，也保有能確保語言有效性的風格。宰制階級和文化的關係，可以說是在拉大距離，表現出游刃有餘及進一層次閱讀的模式。

小資產階級則以「文化上的全心向上」為特色。他們預期成為資產階級的慣習，反映在言必稱主流文化的作風上，對合法文化的recognition，及獲得合法文化的渴望。

布赫迪厄
社會學的第一課

他們甚至會去模仿上流文化或從事上流文化的替代性活動（次級文化活動）。這些特徵在上升的小資產階級身上特別明顯：他們會花時間金錢在次級形式的文化生產活動上，像去看電影或聽爵士樂，熱中於通俗化的科學或歷史期刊。但是他們也因此時常處於「擔心流俗」（即普羅階級）和「想成為上流」（即資產階級）這兩邊的拉扯之中。這種緊張的處境特別是表現在和語言的關係上，像語言上的咬文嚼字，對別人和自己都容不下任何形式的小錯，矯枉過正，成了過猶不及。[6]

以「做必要的選擇」及「重陽剛之氣」為慣習的普羅階級（依布赫迪厄的說法，參見第4章），**其文化實踐邏輯在於拒絕被視同小資產階級**。因此，文化上的自命不凡（指有教養的文化），被視為是缺乏陽剛之氣。所有帶有資產階級氣味的主題（戲劇、電影等），絕不會出現在日常對話之中。更廣泛地來看，布赫迪厄認為，依照社會學角度來看，並沒有所謂的通俗文化（普羅文化），而所謂的通俗文化，實際上只是一些實踐及再

[6] P. Bourdieu, *La distinction*, Paris, Les Éditions de Minuit, 1979, p.382.

現，這些實踐及再現，只不過是從或多或少古老的精緻文化中（比如那些醫學知識），依照階級慣習的基本原則所挑選出來及重新詮釋的斷簡殘篇，而這些片段的知識又整合入由慣習所形成的主流的世界觀裏。[7] 所以，也沒有所謂的通俗的反文化：因為宰制者的合法文化從來沒有被推翻過。

因此，文化的社會學，從這個詞的雙重意義來看，是建基在文化宰制的理論上：在社會階層的每個位置上，都有一個特定的文化：菁英文化、中等文化、大眾文化，這三種文化分別是以秀異、奢望及匱乏為特色。

布赫迪厄的文化社會學證明了象徵鬥爭在階級鬥爭裏的重要性。灌輸意義的同時也要使人忘記其任意性，這正是暴力及象徵宰制的邏輯。由此可以推出，文化是一個較廣泛的整體，亦即象徵生產場域的一個成分，而政治、法律和宗教場域也都一起促成了這個象徵生產的場域，但是各個場域又各自帶著隨著時代而不同的合法

---

[7] *Ibid.*, p.459.

性，彼此相互競爭，進而生產了世界的再現，其目的在
廣為傳播其再現並使人接受之。在我們的社會裏，文化
生產者已經自主化了，而且他們擁有能定義有教養文化
（依照區別邏輯來指導所有社會階級文化實踐的合法文
化）的機構。但是毫無疑問的是，學校機構比其他任何
機構更能合法化及再生產文化層級。下一章便是關於學
校機制的研究。

第6章

社會再生產

學校的角色

　　根據托克維爾（Tocqueville, 1805-1849）的說法，<u>民主社會是以社會環境的平等化為特色；社會平等優於位置世襲承傳的不平等</u>。若把學校當成教育體系來看，學校似乎是實現這個理想的一個工具。對<u>第三共和</u>（1870-1940）的創立者來說，學校應該使每個人都能受教，並且提供能確保自由及<u>社會晉升</u>的工具。這個意願，成為大多數人所分享的信仰之後，卻被布赫迪厄及他的合作夥伴所出的兩本著作給破壞：有關大學的《繼承人》（*Les Héritiers*, 1964），以及試圖建構教育體系運作的普遍理論之《再生產》（*La Reproduction*, 1970）。這些研究的結果是不容置疑的：學校不但沒有縮小社會不平等，反而是促成不平等的再生產。因此，必須去問，處於目前社會中心位置的教育機構，為什麼會造成這個恰恰相反的結果。把學校場域視為一個市場之後，我們可以開始進行一場雙重分析：供給的一邊，找出在機構裏鞏固社會再生產的機制；另外，需求的那一邊，分析各個社會階級對學校制度不同的運用之結果。

一、學校：隱藏的宰制工具

1. 學校文化是宰制階級的文化

只要指出在教育系統運作的模式和宰制階級的再現及實踐之間的同構性，就可以證明這一點。

▶ **學校文化不是中立的。**

學校文化是一個特殊的文化，即被轉變為合法、客觀、不容置疑的宰制者文化。事實上，這個文化不但是任意的，帶有社會性質的，而且是篩選的結果，這種篩選決定了何者為有價值的及傑出的，或相反的，何者為下流的及平庸的。

> 一個團體文化或一個階級文化可以被客觀地定義為象徵系統，那是某些意義的篩選，但是篩選的結構是任意的，而且這個團體或階級文化的各個功能，也並非是從任何普遍的、物理的、生物的或精神的原則演繹而來，而且也沒有任何內在於事物本質或人性的關係，來整合其功能。[1]

　　換句話說，布赫迪厄認為，沒有任何道理認為讀莫泊桑一定比讀《丁丁歷險記好》，學院派的畫一定比塗鴉好，古典音樂一定比電子合成音樂好。同理，認為學數學比學拉丁文或希臘文優秀，也是沒有什麼道理的。教授科目的選擇及學科內容的選擇，都是社群之間權力關係的產物。所以，學校文化不是一個中立的文化，而是一個階級文化。

　　因此，學校文化與社會施為者所身處之環境的文化（與社會施為者社會化有關的文化）越接近，在學校制度裏的成功率也就越高。上層階級的小孩擁有來自家庭的文化資本。其文化資本包括一種以知識工具為形式而內化的文化資本：多虧這些上層階級的小孩在家裏所享有的互動，他們一般來說學習發展較為早熟，語言能力上也較適合學校的要求。而這個資本也以客觀形式存在於這些小孩所處的環境中：比如書籍、藝術品、旅遊、資訊管道等。這些因素形成一個有利於學習的環境，也

---

1 P. Bourdieu et J.-C. Passeron, *La Reproduction*, Paris, Les Éditions de Minuit, 1970, p. 22.

說明了上層階級小孩的學習成功率。這些後天獲得的能力，不但成為慣習的組成部分，而且一直影響著他們往後整個學習過程。因此，也就不令人訝異，在大學裏，資產階級學生的人數，亦即所謂的「繼承人」，遠遠超過出身貧寒的領取獎學金者。

▶ **教師評定學生成績優劣的標準，是一些社會的標準。**

　　宰制者授權給學校一個強制的權力，也就是說，強制符合宰制者利益的授課內容之權力。口試被視為「舉止態度的測試」，這種外表重於內涵的評判，是依據體態音調所透露出的細微社會特徵，來辨識每個人的風格、靈巧及品味。筆試如論文寫作，顯露的是在寫作風格中所表現出來的同樣習性。因此，正式評判標準不如非正式及隱藏的規範標準來得重要。學校所評判的，並非是成績是否優異，而是每個人慣習所透露出來的社會優異度。當教師的慣習和學生的一樣或近似時，則學生學業成功率就更高。

布赫迪厄
社會學的第一課

2. 天分的意識形態掩蓋了再生產的機制

▶ **天分的意識形態符合一般常識的說法。**

　　為了使學校可以維持社會再生產，也就是說，確保宰制者的宰制，學校必須擁有一套建基於此一功能之否認的再現系統。這也就是意識形態的角色，依照馬克思的定義，所謂的意識形態，是指由一個社群或階級所生產的社會關係之扭曲再現總和，這些再現可以合法化社群或階級的實踐。意識形態不但可以鼓舞及強化社會施為者，而且會把他們的社會實踐建構成其他社群或階級眼中的合法實踐。表現在教育系統裏，就是所謂的「天分的意識形態」。

　　「天分的意識形態」是共和體制下的學校創建之基礎，這個意識形態預設學業成功率的不平等，是由被視為天生的能力之差距所造成。因此，隨之而來的是「能者居高位」的意識形態，亦即只要有天分、努力及熱愛，所有人都可以晉升到社會最高的位置。這個意識形態意味著學校在權利和義務上是平等地對待每個人，而且每個人的社會機會是平等的，所以社會出身的不平等是不存在的。「能者居高位」的意識形態屬於自由主義

的政治意識形態，因為自由主義認為個人自由是社會的基本價值，而且承認每個人都有自主權、主導權及發展其潛力的權利。教師們都贊同這個意識形態。

▶ 天分的意識形態合法化學校的不平等，也因此合法化社會的不平等。

事實上，教學所宣稱的中立，導致了被宰制階級的被排斥，並且強化了宰制階級的合法性。

就事實而言，判斷學業成功的標準是社會標準而不是學術成績的標準。學校層級實際上是一種掩飾在天分的意識形態下之社會層級。天分的意識形態所牽涉的利害關係至為重大，尤其是在學校合法化社會秩序的功能上。天分的意識形態極盡所能地使人認為學校運作是合法的，也就是說，是建基於一個大家所公認和接受的原則。藉著天分的意識形態，學校把「社會自然化」，把社會不平等轉變為天生能力的差距。學校把社會不平等轉換為公平競爭的結果；學校系統的評定篩選，是任意而專斷的：

　　考試為那些不必然有道理的區分做辯護，而考試
結果所認可的文憑，是把社會能力證明這種近似貴
族的頭銜，弄得像是技術能力的保證……訓練、技
術能力轉移及能力高強者的篩選等技術功能，其實
是掩蓋了一個社會功能，即對社會能力及宰制權力
之法定擁有者的確認……因此，我們有……一個工
業宰制者、名醫、高級文官，甚至是政治宰制者的
世襲學校貴族，而這個學校貴族包含了很大一部分
舊的血緣貴族，因為舊貴族可以把貴族頭銜轉換為
學校文憑。因此，透過學業能力及文化遺產的隱藏
關係，以前那些我們以為可以使得能者居高位的學
校制度，亦即重個人能力而非世襲特權的意識形
態，實際上是傾向於去建構一個真正的國家貴族，
而其權威及合法性正是由學校文憑所保障。[2]

　　學校成為合法化社會不平等的工具。學校非但不是
解放者，反而是維持宰制者宰制普羅階級的保守勢力。

[2] P. Bourdieu, *Raisons pratiques. Sur la théorie de l'action, op. cit.*, p. 42-43.

3. 普羅階級順從於象徵暴力

▶ 教學關係是一種以某些<u>隱性前提</u>為基礎的權力關係。

一方面，學校系統強制並合法化宰制階級文化的任意性。就像<u>布赫迪厄</u>所強調的：

> 客觀地說，<u>所有的教學行為都是一種象徵暴力，因為它是透過一個專斷的權力來強制一個任意的文化</u>。

學校系統確保了這個合法化的功能，並強迫被宰制階級接受宰制階級的知識，否認其他<u>合法文化</u>的存在：

> 義務教育最不為人知的效果之一，是從被宰制階級中獲取對合法的知識及本領之承認（例如法律、醫學、技術、消遣或藝術[3]），導致對被宰制階級自身的知識及本領之貶低（例如習慣法、民俗療法、

[3] *E.g. : exempli gratia : par exemple.*

手工藝、消遣或藝術）[4]

　　另外一方面，學校否認大眾的差異性、慣習的差異性。學校漠視差異性，並且使用只有繼承人能懂得的言下之意及暗示，以至於我們可以說這是一種「沒有教學的教學」。這些暗含牽涉到像學生的自主性這種價值，以為學生對學習的興趣或對知識的重視都是自然而然的。我們也預設某些像音樂或文學等自由的文化之存在（有別於學校正式教授的知識），這些所謂自由的文化，事實上是學校所要求的，但是只有「繼承人」能夠在他們生長的家庭環境中獲得。所以這些「繼承人」從家境所獲取的知識、舉止和形象，不但被認可，而且被轉換為在學校裏的競爭優勢。

　　▶ 不同文化間的關係引發一種帶有負面效果的文化學習。

　　由不同的文化遺產所造成的弱勢範疇和主流範疇文

---

[4] P. Bourdieu et J.-C. Passeron, *La Reproduction, op. cit.*, p. 57.

化間的缺乏同構性，導致被宰制者形成一種特殊的**文化適應**。這個概念原來主要是用來指涉發展中社會及已開發社會間的關係，但是在指涉不同文化社群之間的接觸所帶來的文化改變過程，這個概念的引用也被證明是適當的。和「繼承人」不同，那些和學校制度差距較遠的學生，必須全部重新學習，而且還得要經過一個脫離原先文化的過程，才能獲得學業上的成就。其中，語言上的不同便證明了這一點。貧困階級的語言，表現出和語言的某種關係，傾向抽象化、形式化、學術化的語言，這些特色本身就屬於學校語言的規範。相反地，普羅階級的語言傾向於表現特例，其論證組織結構不嚴謹，完全相反於學校要求。因此，學校文化的學習顯然是象徵暴力的一個例子。實際上就好像是要被宰制階級的成員，去學另外一個語言。從原有文化的喪失這一角度來看，這真是一個脫離文化的過程，但這卻是想留在學校裏的必要過程。否則，學校的判決會將他們驅逐出校門。

不過把他們驅逐出學校最有力的系統，是慣習。做為客觀環境內化產品的慣習（參見第4章），會導致**弱勢**

範疇的自我驅逐。每個人都學習去預測符合他現有經驗
的未來,所以,也學習不要去妄想在他的社群裏顯然不
可能發生的事情。因此,堅信學校是控制其社會晉升的
工具者,多半是那些在學校體制裏較有可能成功的那些
學生。所以普羅階級比較不可能把他們的社會晉升寄託
在學校上,而他們的小孩也因此被認為是學習動機不
高。

　　1987年,杜哈—貝拉(Duru-Bellat)對迪戎(Dijon)
十七所中學的二千五百個學生所做的一項調查中顯示:
工人階級的家庭在中學這個階段就開始進行自我篩選,
將近一半的工人階級的小孩從國中二年級以後就輟學,
而主管階級的小孩,只有十分之一輟學。這項差距只有
四分之一是因為知識貧乏,其他兩個因素是工人階級小
孩對學業沒有太大的企圖心,以及在貧困地區裏,中學
老師對升上國中三年級的學生所施行的過度嚴厲的把
關。(譯者註:法國學制國中四年:從年紀最小的6e相當於台灣的
國一,然後是5e相當於台灣的國二,4e國三到3e。高中三年則從
2e,1e到最後一年的terminale)

　　一般常識的流行看法都認為弱勢範疇學子的輟學,

是導因於<u>學習能力較差</u>或<u>經濟收入不足</u>。上述的論證擺脫了這些流行看法，並藉此讓我們意識到社會階級對學校所可能採取的不同策略。

二、教育民主化及社會流動性

1. 事實的研究顯示<u>教育和社會流動之間的矛盾關係</u>

▶ <u>進入學校管道的擴大導因於教育需求量的增加。</u>

法國義務教育的創始者認為，受教機會的增加，不但可以縮減社會不平等，而且可以增加社會流動性。受教程度的提高，應該會反映在世代間的往上流動。因此，似乎可以很邏輯地推論出，受教程度高於上一代的年輕人，也應該占有比上一代更高的社會位置。然而，這種關係卻不必然如此。

從五〇年代開始，法國學校編制人數一直在增加。有人認為是教育的民主化所造成的。目前，中等教育機構（公立與私立）可以收容五百五十萬名學生。在參加中學會考的學生裏，超過70%順利通過會考，從他們的這整個世代來看，60%擁有中學會考文憑。從九〇年代

布赫迪厄
社會學的第一課

初開始，高等教育人數也加速擴充，到今天，共有超過
兩百萬的學生；十八歲到二十五歲的年輕人之高等教育
就學率，亦即大學人口數和這一年齡層的實際人口總數
之比率，超過20%。從數字上來看，教育民主化似乎是
不可否認的。

我們可以發現過去那些自我排除或實際上被排擠出
去的弱勢範疇，像小商販、手工業者、農家子弟，甚至
工人子弟，由於義務教育延長到十六歲，使得他們也開
始進入學校系統。但是這個過程導致了競爭的激烈化，
並且使得原本就大量使用教育系統的範疇獲得更多的教
育投資。

▶ 受教人數的擴充改變了文憑的價值。

事實上，擁有文憑的總人數越多，文憑的價值也越
低。

很清楚地，越多的經濟上及文化上處於弱勢之家
庭的小孩進入各級學校系統裏，特別是最高學歷這
個層級，文憑的經濟及象徵價值也越受到影響……

那些文化上最弱勢的家庭學子，經過漫長的受教過
程及代價沉重的犧牲付出之後，充其量也不過是獲
得一紙不再有價值的文憑。[5]

因此，就像貨幣經濟的運作機制，當貨幣數量大
增，其他條件不變的情況下，貨幣的實際價值便會受到
影響（貶值）。在教育領域當中，文憑分配的增加，造
成文憑的「通貨膨脹」，這意味著文憑的帳面價值表面
上是不變的，事實上它的實際價值卻被貶低。中學會考
一直到今天名義上仍沒有改變。

但是，其文憑的效益已經大不如前了。就某一學歷
的文憑來看，其文憑所能提供的職位之增加速度，遠不
及文憑本身增加的速度。因此，就同一個職位來說，所
要求的學歷也越來越高。五〇年代末，憑著中學會考文
憑就可以任主管階層之職，現在已經不可能了。學校制
度的不同利用者之間的競爭，導致布赫迪厄所謂的**整個
社會結構的位移**，同時仍維持各個社會階級間的相對差

---

5 P. Bourdieu (sous la dir. de), *La misère du monde*, Paris, Le Seuil, 1993,
p. 599-600.

布赫迪厄
社會學的第一課

異性：就好像所有的社會階級都一起改變其位置，所以
那些在從前教育體系下該被淘汰的弱勢範疇，其社會晉
升的努力等於是白費了。

　　每當競爭特定稀有資源或頭銜的社群之間，其力
　　量及努力趨於平衡時，我們似乎就可以發現同樣的
　　位移過程，亦即整個社會結構的一起位移，這就好
　　像是一場賽跑中，在經過一連串的超越及追趕之
　　後，又回復原先的差距，也就是說，每當原來最弱
　　勢的社群試圖去占有緊緊靠近其上之社會階級（或
　　賽跑中就位在他們前面的那個人）所擁有的物資或
　　頭銜時，這些略微占有優勢的社群，就會在各個層
　　次努力趕回，以便維持其物資或頭銜的稀有性及區
　　隔性。[6]

　　這會造成某種普羅範疇的希望幻滅，甚至是對學校
制度的怨恨，因為學校無法保證學生擁有文憑後能得到

[6] P. Bourdieu , *La Distinction, op. cit.*, p. 180.

與之相符的職位。布赫迪厄認為這個文憑和期待職位之間的落差，可以解釋動搖法國教育界的週期性危機（從六八學運到1986年及1990年的高中升學潮）。

　　在一段充滿希望甚至是歡樂的時期過後，這些新的受益者漸漸領悟到兩個事實：其一，進入中等教育並不保證他們必然能成功地獲得文憑。其二，成功地獲得中學文憑，也不保證他們能獲得過去同樣的中學文憑所能提供的社會位置，儘管在過去他們是連中學教育的大門也進不去。[7]

　　這些結構的變動，導因於利用學校之策略的改變，反過來也影響了社會施為者的實踐，因為他們之間的競爭也越來越激烈。

2. 社會階級以其策略運用進行相互區別

　　▶ 教育系統的運用是不平等的。

7 P. Bourdieu (sous la dir. de), *La misère du monde, op. cit.*, p. 598-599.

布赫迪厄
社會學的第一課

• 從量來看，每個社會範疇民主化的程度並不相
同。為了了解這一不平等的現象，法國教育部對1980年
的國中一年級學生之變化發展，進行一項廣泛的調查。
藉著對一組具代表性的調查對象的縱向追蹤方式，可以
觀察到這些同一屆學生一直到高中一年級的變化。調查
結果顯示出，從高一起，學生入學率開始隨著其社會背
景而出現明顯的差異性（參見表3）：

表3　依照社會出身進入法國高中一年級之比例

社會職業類別	進入高一之百分比（%）
教師	89.6
高級管理階層	85.5
中級管理階層	67.1
雇員	51.4
農耕者	41.4
技工	35.3
非技術工人	26.2
總計	45.9

資料來源：法國教育部
Cf. M. Duru-Bellat et A. Henriot-Van Zanten, *Sociologie de l'école*, Paris, Armand
Colin. 1992, p.37.

　　如果比較兩極的數據，我們會發現來自教師家庭的子女，其高中入學率比體力勞動家庭子女多三到四倍。

　　●**質上的差異**又更明顯。伴隨著教育在量上的民主化而來的，是**內部區別的擴大**：透過科系及選項所造成的各種課程間之不平等，逐漸取代受教機會的不平等，這些科系及選項（或組別），依照被賦予的價值及學生的社會組成，往往可以限定學生的往後發展，是一種十分不平等而層級化的學習歷程。

　　這種正式的多樣化（科系的多樣化）或非正式的多樣化（私下認定的好學校或壞學校，以及微妙地被層級化的課程，特別是在外語這個領域上），有利於隱密的差異性原則之重新產生：出身良好的學生，因為從家庭環境中獲得敏銳的職業嗅覺及在不確定的狀況下還能得到家庭的有力例證或建議的支持，所以懂得在適當的時機及適當的地方投資，也就是說，投資在好的科系、好的學校、好的組別；相反地，出身弱勢範疇的學生，特別是那些移民者的下一代，常常只能自求多福，小學畢業以後，被

迫在複雜的環境中，任由學校或運氣來規劃其前途，因此他們也常常選錯行，浪費原本就已經微薄的文化資本。[8]

組別的選擇事關重大，而且在職業技術教育（多為普羅階級的學生）和通才教育（十分受青睞，於其中亦有一層級化的科系排列，以與科學有關之科系為第一志願）之間，也出現明顯的分裂。再加上，享有優厚文化社會資本的家長，對科系及學校也擁有較多的資訊。因此，他們可以採取一種能確保下一代學業上及社會上皆成功的策略，同時維持所獲取之文憑的稀有性。這些策略解釋了為什麼就讀使他們進入權力中心的名校，是宰制階級的特權。

相反地，出身弱勢範疇的學生，常被引導到次級的科系。他們形成一個新的範疇，即內部的被排擠者，換句話說，是被學校體制留下，以便延緩其淘汰時機的那

---

[8] P. Bourdieu et P. Champagne, Les exclus de l'intérieur, *in* P. Bourdieu (sous la dir. de), *La misère du monde, op. cit.*, p. 601-602.

群學生：

科系的多樣化，配合越來越提早的生涯規劃及淘汰過程，傾向建立軟性或難以察覺的排斥方法，對執行排斥和被排斥的人而言，這種方式既指持續漸進的方法，也指難以辨識、不被注意的方法……學校向來不吝於排斥，但是從現在起，是以持續的方式，在課程的每一階段都進行排斥……學校把被排斥者留在學校，讓他們被留在較差的科系裏。[9]

把學校策略之研究獨立於其他社會策略之研究，似乎顯得太過草率。

► **學校策略是再生產策略的一個重心，學校策略也會影響其他策略。**
布赫迪厄認為，家庭的學校策略之重要性，牽涉到學校在再生產策略中所扮演的中心角色。當在所擁有的

---

[9] *Ibid.*, p. 600 et p. 602.

資本總量中，文化的成分越高，家庭的策略便會越集中
在學校。這就解釋了為什麼自由業者和小自營商（手工
業者及小商人）的學校投資策略會有所不同，因為小自
營商的再生產，是靠經濟資本的直接轉移。但是，文憑
的角色越來越重要，即使是在擁有豐富的經濟資本之階
級裏：這些階級也必須採取轉換的策略，如我們在第3
章所提到的。

　　原本的文化資本越高，以及擁有學歷者越是享有父
母的**社會資本**，那麼學校的投資策略就越是有利可圖。
事實上，我們發現，同樣的文憑，宰制階級的小孩比弱
勢範疇的小孩，更能靠其文憑在就業市場中獲利。因
此，社會出身影響就業，特別是透過人脈比透過官方機
構更可以獲得有用的求職訊息。況且，整個職業升遷的
生涯都得靠這個社會資本：社會出身好，有利於整個職
業生涯的升遷，特別是那些剛進入就業市場、似乎是屈
就的年輕人；類似的起步，以及同樣是從基層做起，但
是管理階層的兒子比同位階（同職位）的職員的兒子，
更有機會在往後的職業生涯中升到管理階層的位置。

　　同理，學校投資策略也並非獨立於**生育策略**。因

此，如果我們觀察現代法國每個社會階級的生育率，可以得出，占優勢的社會階級，以及略居弱勢的社會階級，這兩個階級的生育率都高於中產階級的生育率。布赫迪厄由此推論出，「小資產階級是以生產後代為手段，以便晉升為<u>資產階級中的無產階級</u>。」學校投資只有當這個投資不是被分散在眾多人口的情況下，才會有利可圖：重質不重量，同時有利<u>學校課業的家庭指導</u>。最後，學校策略做為文化資本的構成部分，在婚姻市場上，也是**門當戶對**的一個有力的考量因素，同時學校策略也間接地促成社會再生產：夫妻間不只是社會出身上的相似、學歷上也相近。

　　一般看法認為，學校是為傳播普遍而理性的知識之中立機構，學校的這些特點使得任何個人的升遷都成為可能。布赫迪厄的看法與此相反。<u>布赫迪厄認為學校是文化特權再生產的主要體制之一</u>。但是布赫迪厄後來又略微修改自己的這一看法。之前，布赫迪厄完全是從和<u>學校內部運作模式有關的再生產機制來解釋</u>，布赫迪厄後來的分析，則轉移到社會施為者，因為社會施為者會

隨著其社會位置的不同而採取不同的學校策略。由此看來，學校社會學和布赫迪厄的研究是密不可分。場域運作的一般法則，也適用於教育場域。

在仰慕與抗拒之間

影響及批判

　　社會學做為一個支離破碎的學科，布赫迪厄的研究方法格外顯目。如果就像布赫迪厄所說的，社會學的分析是從場域的概念開始，那麼介入場域的社會施為者之間的鬥爭就勢不可免。因此，有些社會施為者運用保守或擴張的策略，另一些社會施為者則用顛覆的策略。目前社會學場域的概貌，似乎就是如此。一邊，是生成的結構主義陣營，其影響範圍不斷擴張；另一邊，是其他研究方法的擁護者，彼此間時常相互區隔，而且缺乏學術交流。矛盾的是，只有當他們研究同一個對象的時候，彼此間的鬥爭才會變得更為激烈，但是研究成果也更為豐富。

一、一道無法抵擋的光芒

1. 布赫迪厄的研究方法，已經自成一派

　　▶ 在社會學的不同場域中，眾多受布赫迪厄影響的研究可以證明這一點。

　　布赫迪厄所提的社會事實解讀方式，不斷地被推展，從受布赫迪厄影響的著作及文章的數量，就可以得

到證明。布赫迪厄在他自己寫作裏所開啟的許多研究方向，解釋了為什麼布赫迪厄的社會學會那麼蓬勃發展。但是布赫迪厄**拒絕把自己視為某一學派的思想宗師**，擁有自己忠誠的信徒：他對體制內團體及其意識形態的批判，使他不可能這樣看待他自己在社會學場域中的位置。但是，許多作者引用布赫迪厄的概念，不是深化這些概念的啟發性，就是把這些概念運用到其他社會學研究對象。但是他們的做法並不意味著完全接受布赫迪厄的理論。

　　布赫迪厄帶動了最引人注目的社會學進展，這一進展在許多不同的領域都可以發現。雖然無法一一細數，我們還是可以先舉廣義的文化社會學研究，包括大學學校制度的社會學研究為例。**藝術社會學**從六〇年代起開始圍繞著布赫迪厄的問題架構而發展：文化合法性理論，這個理論是以作品的層級化和觀眾的層級化之間的結構同形關係為基礎假設；藝術場域理論及慣習理論，將策略分析訴諸於社會施為者的「位置」及「傾向」之系統，並且試圖找出藝術家這一「行」的特殊性，以及和藝術市場的關係。文化場域自主化邏輯的研究及「知

識分子」這一概念的發明之研究，都屬於同樣的範疇。
研究也轉向與深奧的藝術活動相反的次級藝術活動：像
流行音樂、爵士樂、搖滾樂、卡通、偵探小說、連環圖
等。同時，對同一場域中的文化消費的研究大增；其中
有不少研究結合教育、文化和藝術的社會學於更廣泛的
象徵財貨社會學裏，這些研究都刊登在布赫迪厄主導的
《社會科學研究學報》中。

值得一提的還有在社群社會學上的研究成果。波東
斯基（Boltanski）對企業主管所做的研究（1982）指
出，主管這個概念是如何被人接受，也就是說，人們是
如何藉由再現及規範化或系統化的塑造，建構了一個新
的認知範疇。他在著作中說明了歸類的鬥爭：每個社群
都試圖把它的主觀再現當成客觀再現來強迫他人接受。
馬海斯卡（S. Maresca）有關農人的研究指出，農人做為
一個沒落的社群，其再生產策略運用上的困難重重，以
及與此相關的傾向（由這個社會變動過程的內化所形成
傾向）。最後，潘頌（M. Pinçon）及夏洛—潘頌（M.
Charlot-Pinçon）的研究，則揭露當今大資產階級及貴族
的生活形態。

　　<u>年齡層社會學</u>同樣也蓬勃發展。特別是隆諾瓦（R. Lenoir）對老年的研究，涉及銀髮族這一概念的發明。他探詢一個社會是如何建構老人及老人的存在模式。最早的研究顯示銀髮族做為一個特殊範疇的出現，和某些階級的社會再生產模式的改變有關。隆諾瓦認為退休金這一概念的發明，是世代間權力關係反轉的表現：主流的再生產模式，不再依靠家產的移轉，而是藉著社會保險系統所發放的退休金，來取代養兒防老的傳統互助模式；同樣地，養老院及安養中心的出現，使得年輕的下一代在退休的父母面前，仍能保有其自主性，而這些機構都是對社會救濟的需求所造成的。同時，這個對特殊族群的定義，不但提供了擁有學歷的「新中產階級」許多新的就業機會，連帶地帶動一些與老人有關之行業的蓬勃發展。

　　還有更多受布赫迪厄影響的研究領域。但是這幾個例子已經足夠顯示出布赫迪厄社會學理論之重要性及不同的運用。

　　▸ 此外，布赫迪厄的影響力是超過社會學的範圍；

在其他社會科學領域，他的影響力也是顯而易見的。

我們已經凸顯過<u>經濟場域</u>自主化的問題。一般來說，多數的研究都試圖指出，經濟不能不考慮社會關係而抽象地想像出來。因為經濟也是一個社會的建構。因此我們可以這麼說，即使是那些希望具有普遍價值的經濟概念，也是某一時空下的產物。研究者像薩來（R.Salais）等，藉著研究從1890年到1980年「失業」這個概念的出現，而延續了這個研究方向。

布赫迪厄的作品有助於拉近<u>社會學和歷史</u>的距離。一方面，布赫迪厄鼓勵社會學者把歷史放入他們的研究當中：過去和現在的對立是沒有道理的。事實上，正如他的一篇文章標題所言——「死神掌握著生人」（Le mort saisit le vif），歷史是以慣習的方式存在我們身上。所以，可以說歷史有兩個存在方式：客觀的狀態（在機器裏、紀念碑裏、書本裏、理論裏），及內化的狀態（以傾向的形式存在）。因此布赫迪厄和歷史學家布勞岱（F. Braudel）的說法不謀而合，因為<u>布勞岱認為，我們生命的95%是活在過去</u>。另外一方面，布赫迪厄也促使歷史學家採取建構主義的觀點。諾西葉樂（G. Noiriel）

的著作《十九世紀到二十世紀法國社會的工人》（*Les ouvriers dans la société française au XIXe-XXe*），正是這個方法最好的例證：諾西葉樂在書中指出三〇年代的工人是如何動員，並且他們很晚才開始使用階級的這個概念來看待這個社群（工人階級這個名詞這時才被建構出來）。

在**政治學**的領域，對政見及政治參與的研究，也受到布赫迪厄所提出的社會空間的影響。政治上左派和右派的對立，並不能化約為富有的和貧困的對立（參見圖1，頁75）。在觀察每個階級派別的政治邏輯時，不僅要考慮到所擁有的資本總量，還要考慮資本結構。對立分裂不但出現在公部門與私部門之間，也出現在薪水階級與自營者之間，以及文化資本與經濟資本之間。因此，我們可以發現，受薪的普羅範疇及在公家機關或公部門工作的階級，較可能投票給左派，這些人也可以說是工人、教師、文化工作者及公務員的大雜燴。相反地，擁有較高的資本總量及經濟優勢者，通常會投給右派：私部門的管理階層、自由業、企業老闆，但也包括商人、手工業者及農人。其他的研究者也採用布赫迪厄的概念

來研究合法性問題（Lagroye），或用場域來看政黨運作
邏輯（Offerlé）。

在《隱藏的選舉稅》（*Le cens caché*）一書當中，賈
西（D. Gaxie）揭露建立民主體制基礎的一個意識形
態：公民依照理性的選擇，主動參與人民代表的任命。
事實上，我們發現像搞運動和參加政治集會等**政治參與
是不平等的**。調查顯示有一大部分的公民，只是偶爾參
與政治，甚至是除了選舉投票之外，沒有任何固定及定
期的政治活動。此外，政治選擇的決定性因素，比較是
屬於社會經濟變數（像年齡、性別、社會位置、教育程
度、家境等），而非理性選擇。因此，有一部分的人被
排斥在政治活動之外，就像從前被拒於選舉稅之外而無
法參與選舉的人。當然，當今社會裏，這些人的被排斥
並不是因為個人財富，而是因為政治能力之感受。所謂
的政治能力是指能夠辨識出各個政治人物及各派系候選
人不同的政治立場。社會上被宰制的社群常顯得政治能
力不足，因為他們不熟悉政治場域的遊戲規則，特別是
掌握利害關係的抽象且特殊的政治語彙。不參與也是這
種欠缺的表現。

▶ 布赫迪厄享有國際知名度。

布赫迪厄致力於社會學者間的國際交流。在歐洲這
個層次上，最好的證明就是《書卷》（*Liber*）這本歐洲雜
誌的發行，布赫迪厄不但是發行人，而且把這本雜誌以
副刊形式登在《社會科學研究學報》上。許多歐洲國家
都有發行這本雜誌。它不只是書目集，而且會針對某一
特別的社會學研究對象（像知識分子或移民問題），比
較不同國籍的社會學者的觀點；或專門介紹某一個國家
的社會學研究（愛爾蘭、比利時、羅馬尼亞等）。在世
界各地（有在美國，也有在日本）所舉行的相關會議，
也促進了國際交流，布赫迪厄的某些著作，讓我們了解
這些國際合作的動向：例如，和美國社會學者華肯（L.
J. D. Wacquant）合著的《回答》（*Réponses...*）一書。[1] 最
後，布赫迪厄在社會科學院的研討會，也吸引了許多外
國聽眾。

2. 他的著作有經驗上的意義，也有方法論上意義

---

[1] P. Bourdieu avec L. J. D. Wacquant, *Réponses..., op. cit.*

▶ **他的教育社會學研究，影響教育體系的運作模式。**

　　明白指出不同社會範疇的受教機會之不平等，已經是社會學最不容置疑的研究成果。他在六○年代著手進行學校社會學這門前所未有的研究，引起教育學家及負責管理教育系統之政治人物的強烈反應。剛開始，教育系統的行動者似乎顯示出某種幻滅。社會文化上的不利條件導致無行動力：因為他們的社會出身，有些小孩注定失敗，任何彌補教育都無法挽救這個決定性的缺陷。但是由《繼承人》（1964）一書推導出這樣的結論，似乎是過於草率。社會學者強調：<u>用真正民主的教育及有系統地抵銷文化特權的不同教法，是有可能彌補這種社會不平等。</u>

　　從1964年起，許多措施的採行，證明有一股想要克服教育失敗的決心：1974年的阿比（Haby）教改案，使得人人皆可入中學，教學方法的多元化，加上所謂的主動教學法的發展，使得學生的活動能成為建構知識的基礎，還有優先教育區的設立，提供了貧苦地區的學生改良過的教學環境。同時，教育學科的研究也明顯地增

長，有關教育成功與失敗的不同參數之研究越來越多。

▶ **國家統計經濟局（INSEE）根據社會學研究來建
立其社會職業分類表。**

德和希耶（A. Desrosières）及提夫諾（L. Thévenot）
有關社會職業分類表的研究，已經融合了布赫迪厄的社
會學概念。1982年的改革，就是國家統計經濟局和社會
學者的合作成果。某些社會範疇裏的內部分裂，開始被
列入考量。因此，農人是依照其耕地面積及生產性質
（反映所擁有之資本上的差異）而區分：大耕地的農業
經營者所擁有的文化資本超過小耕地經營者，中等耕地
經營者則占據中間的位置。中間的職業組裏，私人企業
和公家機關相對立：公家機關擁有較多的女性及高學歷
者。因此，對不同變數的考量，使得社會職業的分類更
多面向，也更多元化。許多國家統計經濟局設計的夫妻
生活模式調查，驗證了從社會空間觀點來看再現的正確
性。

▶ **越來越多對民意調查的反省。**

　　所謂的**民意**是指，就某些問題而言，大多數人類似的看法。然而，布赫迪厄在一篇文章中，略帶挑釁地斷言，民意是不存在的。[2] 從這個觀點出發，許多作者開始對民意調查的預設及其社會作用感到興趣，例如項潘尼（P. Champagne）。

　　一方面，民意調查的假設前提是，每個人都有能力針對某一政治問題提出回答。然而，這些回答大多數時候只是一個人為製造的產物（參見第2章）。此外，我們可以發現所問的政治問題越是抽象，無法回答的比率也越高；然而大多數公布的民意調查結果，卻常常刻意忽略沒有回答者的百分比，以便凸顯民意明顯的對立，藉此增加民意調查的媒體效果。

　　另一方面，頻繁的民意調查也會改變民主制度的運作。[3] 和經驗主義所認為的相反，民意調查並非中立及單純的資料蒐集技術。民意調查容易變成可以重複的小型公民投票，調查結果一旦經過媒體炒作，民意代表很難維持無動於衷。對政府的滿意度或信任度的民調結果

[2] P. Bourdieu, *Questions de sociologie, op. cit.*, p. 222 et s.

[3] P. Champagne, *Faire l'opinion*, Paris, Éditions de Minuit, 1990.

「不高」，會使政府趨於警戒；民意和政治領導人之間對
某一問題或措施出現大幅的落差，會使得政治領導人有
必要發表進一步的說明。因此，民意調查造成政治人物
新的行為模式，而且民意調查本身也變得像是選舉的替
代品。

二、衆多的批評

1. 布赫迪厄所發展的對社會的概念，已經過時了

反對布赫迪厄的社會學者認為，布赫迪厄仍執著於
對社會結構傳統的看法，把社會視為社會階級的鬥爭；
他在為物質利益而進行鬥爭之上，加上為累積象徵資本
而進行鬥爭，但這個事實並不能改變反對者對布赫迪厄
的批評。因此，布赫迪厄的研究方法受到三項批評。

▶ 某些社會學家認為，在現代社會中，社會階級的
概念已經變得不適當了。

許多社會學者寧可使用階層的概念來取代社會階
級。這些社會學者認為，事實上，社會階級的概念是一

布赫迪厄
社會學的第一課

個理論上的概念，一種現實上的任意群集，需要理論的建構；反之，社會階層（strate sociale）則屬於經驗的範疇，沒有理論上的意涵。但是，在使用這個概念的時候，仍需要某種理論的運用。

事實上，用階層這一詞，首先意指把組成階層的個人，依照任何一種可以編排他們的標準來分類；依此來看，一個階層只是一個簡單的範疇，一個統計上的集合體。但是提到階層，意味著反對用階級來分析，而且也意味著社群可以依許多不同的標準來層級化：收入、文憑、權力、威望等。只有當所有的標準都聚集在這一概念時，階級的概念才是適當的；然而，這一派的研究者卻不這麼認為：某個人或社群在威望梯級上的位置，並不必然等於其在收入或文憑梯級上的位置。因此，存在有許多不同社群位置的一個漸進層級，而非社群的對立。

在這個架構下，法國當代社會學者曼德拉斯（Henri Mendras），提出對社會的「宇宙型態」（vision cosmographique）論，社會就好像浩瀚的天空，於其中，星星次第排列成各個不同的星座。[4] 他用了兩個分

類的標準：教育程度和收入。每個社會職業類別，都依
照這兩個梯級而層級化。這兩個面向的相交，可以區分
為兩個星團：由工人和雇員所組成的普羅星團；以及由
管理階層、教師及工程師所組成的中央星團。在這兩個
星團的邊陲，則分布著不同的次級星系，彼此孤立：自
由業、大企業家、批發商、技術人員、自營者、農人。
至於宰制者，因為他們數量太少，差異性太大，而無法
形成一個特殊的社群。

　　因此，若以為布赫迪厄定義下的社會階級還存在於
今日的社會中，那就錯了。一方面，資產階級做為唯一
的資本擁有者已經不再是事實了，而且數目逐漸減少的
工人階級，也歷經一場因馬克思主義沒落而造成的認同
危機。另一方面，個人主義的興起，使得個人有可能選
擇自己的生活方式：曼德拉斯認為，「管理階層可以選
擇像無產階級般地生活，而工人階級可以過得像資產階
級。」[5]

4　H. Mendras, *La Seconde Révolution française, 1965-1984*, Paris, Gallimard,
　　1994.

5　H. Mendras, *Le changement social*, Paris, A. Colin, 1993.

布赫迪厄
社會學的第一課

▶ 階級鬥爭是個過時的概念。

　　行動主義社會學的代表杜漢（Alain Touraine），就這
麼認為，早在他1969年的著作《後工業社會》（*La société
postindustrielle*）裏，他已開始發展這個看法。他的推論
是以**後工業社會**的出現為基礎，而後工業社會的特色和
工業社會並不相同。工業社會倚靠的是物質生產、進步
的觀念及工作倫理。工業社會歷經一個主要的社會運
動，即反對資產階級的工人運動。相反地，後工業社會
是以大量的非物質生產（資訊、傳播等）、享樂及創造
的風氣，以及缺乏一個主要衝突（像普羅階級和資產階
級的衝突）為其特色。

　　從工業社會到後工業社會的過渡，表現在**衝突的改
變上，不但是衝突焦點的改變，而且是衝突行動者的改
變**。在後工業社會，衝突的焦點不再是推翻資產階級，
而是社會文化走向的控制權，特別是國家所定義的文化
走向。所以需要反抗官僚體制及其規劃的決策。權力及
宰制運作的核心已經轉移及擴大了：衝突焦點不再只是
企業，還包括掌控大型的資訊管理、生產和傳播機制的
技術官僚權力：教育、媒體、中央行政機關。

　　行動者也不能化約為兩個階級間的對立。反而是出現了許多不同的社會運動。一個社會運動可以定義為一連串行動的總和，部分或整個質疑現存社會秩序，且試圖要改變這個秩序。就像那些女性主義運動、環保運動或學運。它們可以依階級集結，但也可以依年齡、族群而集結。這些社會運動通常是受到中產階級專業人士所支持：工程師、技術人員、教授。

　　▶ 社群有其各自的認同，並不只是藉著對宰制階級的反對而自我定位。

　　和布赫迪厄所言相反，宰制關係並不足以使我們了解文化上及社會上的差異。因此，在**普羅階級**內部，可以看出一些**獨特的文化特色**。傳統的工人階級展現較強的共同體精神，倚靠鄰里互助及休戚與共的關係。同理，「必要的選擇」可以結合對無用之物某種程度的浪費，而且有「只要一有機會，就會玩個痛快的傾向」。此外，普羅階級的成員對文化產品的消費，並不是人們所想像的那麼消極；因此，電視新聞可能變成一種獨特文化（經過再詮釋及模仿）的創造來源。最後，自己動

布赫迪厄
社會學的第一課

手作、小型的自行生產、遣詞用句,以及和團體運動有
關的價值規範等,這些都不盡然是從上層社會強制而來
的文化產品。

　　同樣地,某些中間階層也發展出自己獨特的文化。
他們傳播特定的價值和作風,帶有文化自由主義的色
彩。他們在道德上比其他人更寬容、尊重人權及大自
然,並且試圖協調個人自由及福利國家。他們要求一個
建立在輕鬆、自然、隨和等價值上的文化模式。

2. 布赫迪厄太缺少社會變動分析,就像他對學校角色的概念

　　▶ 布赫迪厄的理論太過靜態,忽視歷史。

　　布赫迪厄的社會學常被指控對社會變動的分析不
足,且太過集中在再生產的機制及策略。「再生產的學
校」也因為其僵化及缺乏歷史性的看法而被質疑。一方
面,布赫迪厄對學校文化的任意及僵化之批評不遺餘
力;主流文化規範顯得普遍化而且是永恆不變的;然
而,歷史顯示,學校篩選及認定優秀的標準早已改變,
數學取代以拉丁文及希臘文為基礎的古典人文學科而成
為最傑出的學科。另外一方面,布赫迪厄的調查局限於

一個老問題（學校能做什麼），及一個早就有定案的回答（因為他對社會的概念）：在一個階級的社會裏，學校只能忠實地再生產被視為前提的社會秩序及其不平等。這種看法引起激烈的批評：從歷史上來看，學校也有「生產」的能力：無可否認地，初等教育的普及化促成了法國文化的一致化，或者說，至少是藉由語言普及化才有可能達成。

▶ **再生產理論忽略了行動者的角色。**

布赫迪厄的研究方法，對介入教育過程的個人，亦即教師、家長和學生，有一個極端被動的看法。相對於宏觀的社會決定因素，這些個人顯得十分脆弱。個人只是社會的一個產物，一種受超越個人的社會邏輯所控制的傀儡。布赫迪厄的理論無法讓我們理解行動者的行為，而且其實沒提出任何解釋。他的理論造成社會現實的物化，也因此被批評：他把抽象的東西（像社會結構、學校系統）變成具體的物體（物化）。即使慣習的概念試圖超越行動者和系統間的對立，並且賦予社會施為者某種自主性，他的因果順序仍是從結構到個人；許

布赫迪厄
社會學的第一課

多社會學者責備他那拒絕給社會行動者任何自由的決定論。因此，<u>發展出另外兩個研究方法</u>。

• **第一個是假設人是理性的，且擁有行動的能力**；布東（R. Boudon）是這一派的代表，布東反對任何從社會決定論（也就是說，社會變數的決定性效果）的觀點來解釋個人行為的社會學。忠實於個體論的布東認為，<u>社會現象的解釋要從個人、其動機及其行動開始</u>。但是這些行動遠非慣習所決定，是行動者的理性所形成的。行動者的理性這一概念，構成行為及行動的特色，這些行動是完全或部分地從一個決定、一個選擇、一個算計（根據許多可能的選擇）而來的。他試圖推廣自由主義色彩的社會學，這一社會學類似於新古典主義經濟學家所發展出來的個體經濟研究方法。

在他對社會變動的分析中，他預設了**再生產只不過是個人之間互動的諸多可能狀況之一**。事實上，<u>社會行動者是依照理性而行動，但彼此之間並沒有經過事先的協商：正是這些數以萬計的孤立行動的相遇，才產生了社會現象</u>。布東將這稱為<u>浮現效果</u>（d'effet émergent）。但是行動者並非在社會真空中行動：必須要考慮到互動

的系統，也就是說，社會行動者是在經濟、政治、文化、社會等架構裏活動。因此，依照不同的背景狀況，社會施為者的行動可以形成社會再生產，或擴大一個原已存在的現象，或製造一個新的社會現象。所以，不需要引用社會結構來解釋取得文憑並不必然會等於可以獲得較高薪的職位：這只是行動者諸多的理性策略聯合造成的一個結果，雖然從個別行動者的角度來看，每個人總是試圖極佳化其學歷。

從這個觀點來看，**求學生涯可被視為一連串的選擇**。這些選擇是依照一系列有關社會位置的參數（收入、文化環境、年齡、性別等），以及依照各種現有的可能性（文憑的數量與種類、受教育時期的長短）而決定。面對每個選擇（是否繼續升學、選擇某一科系等），每個人依照他的預計而去選擇最有利的成本—風險—利益組合。一般我們所看到的社會運動，就是許多個人決定累積下來的結果。

由此觀之，**策略是隨著人們原有的資源及準備承受的風險而改變**。家境富裕者的野心，是建立在兩個信念上：以便獲得一個更高的社會位置之學業成功的重要

布赫迪厄
社會學的第一課

性，以及許多補救措施以幫助他們的下一代。相對地，
在小康的家境裏，阻力不在於個別來看的教育成本，而
是受教對他們來說並不總是有利可圖。因此，花錢在美
容師的訓練班上似乎比較有利可圖，因為美容師這個工
作是一個飯碗；反之，投資在哲學或社會學教育上是無
利可圖的，因為這些教育的出路前途茫茫。

但是，**個人的理性也會導致在集體層次上的某些反
效果**，也就是說，那些不想要的效果及相反於在個人層
次上預期的效果。文憑的數量暴增及文憑的貶值，都是
最好的例證。在個人層次上，在一個失業的環境中，唸
書唸越久越好，是理性的選擇；但是這些個人行為的加
總，會造成在總體社會層次上的反效果。所以，受教不
平等會減緩，但是社會不平等會增加，因為教育系統的
轉變和就業結構是有段差距的。因此雖然和布赫迪厄的
推論方法相反，布東和布赫迪厄所得出的結論卻是相同
的。

• 在八○年代廣為流傳的第二個研究方法，主要是
想打開學校這一「黑盒子」，把注意力集中在發生於行
動者之間的具體互動行為上。微觀社會學研究方法，甚

至是俗民方法學，取代了宏觀的社會學研究方法。新的
社會學變數也被拿來分析。

首先，關注的焦點是在「**地區**」**的特殊性**。法國八
〇年代地方分權的措施有利於地方自主性的發展，這從
1989年起許多地方教育機構計畫的設立就足以證明，而
這個措施也使得家長及地方民代更加緊密地參與教育政
策。因此，產生所謂的「機構效果」（effet
établissement）：從傳統的統計指標來看，許多教育機構
所招的學生都十分地相似，但所獲得的結果卻大不相
同；這不管是從學生所獲得的知識而言，或是從落後、
留級、課程及就業選擇而言。

相對應的是，隨後關注的焦點開始集中在**學校裏面**
所發生的事，這是再生產理論擁護者所放棄觀察的領
域。因此，人們不但開始對教師的社會特性感興趣，也
對班上的教學風格及學習評鑑方式感到興趣。每天課堂
上發生的點點滴滴，逐漸引起人們的興趣，學生的職業
技巧學習也引起注意：我們並不是生來就是學生，而是
在執行一個特殊的工作（學校的活動）之後，才成為學
生。

　　布赫迪厄的社會學有廣泛的影響力。特別是它能超越既有的疆界限制。首先是超越社會學之間的疆界，這使得只在某個領域上是專業的社會學者，可以利用布赫迪厄的分析。然後，在一個較小的範圍裏，超越存在於不同的社會科學裏的疆界，鼓勵研究者採取跨領域的研究方法（科際整合）。最後，透過不同國籍之間的研究者之學術交流與對話，超越國家之間的疆界。但是他那廣泛的影響力不應該掩蓋他的社會學所受到的批評。這些批評主要是針對他強烈帶有結構主義及馬克思主義色彩的理論架構。尤其是他所用的概念，像慣習這個象徵性的概念。其他社會學流派的擁護者並不盡然對其社會學採取批判態度，而他們之間的不同，既表現在對社會的概念上之不同，也表現在對個人的概念上之不同。但是這些鬥爭不應該被負面地評價：有鬥爭，才有學科的進步，只要這些鬥爭是學術上的鬥爭。

皮耶・布赫迪厄與反身社會學

（reflexive sociology）

文／黃厚銘（政治大學社會學系助理教授）

　　無疑地，基於某些根本上就是社會學的原因，其
中可以舉出下列兩點：哲學在研究人員訓練中的次
要角色，以及批判的政治傳統隱而不顯，使得美國
（社會學）傳統最欠缺對學院制度，或更精確來說，
對社會學制度的真正反身性與批判性分析。這種反
身性與批判性的分析並非目的自身，而是科學進展
的前提條件。（Bourdieu & Wacquant, 1992: 72）

故做姿態，還是堅持反身性思考？

　　2002年1月25日凌晨，甫於網路上得知皮耶・布赫
迪厄過世的消息，此刻的心情極為複雜，既傷其早逝，
總覺得享年七十一歲的他，要是多活幾年定能再多寫些
令我眼睛一亮的好書；更惶恐於該為這篇導讀寫些什
麼，一本自身就是在引介思想家思想的二手書籍，到底
還需要怎樣的導讀呢？我想，促成我與麥田出版社結緣
的一篇書評，或許可以是個恰當的引子：

　　「1981年的法國，有位大器晚成的社會學家當選法

國學苑（Collège de France）社會學教授，他是當代法國最有影響力的思想家之一：布赫迪厄，但在輩分上，他其實是傅柯（Michel Foucault）、德希達（Jacques Derrida）的同輩。布赫迪厄的就職演說主題是『演講』，他以就職演說在制度上的儀式性意含為起點，將其對制度與人之間關係的分析指向自己所處的學術體制，乃至於所從事的社會學研究自身。在獲頒榮銜的那一刻，卻以此儀式，乃至於整個社會學、學術體制做為反省的對象，這充分體現布赫迪厄對反身社會學的堅持，與其深刻的自我反省。這場演講的內容後來即以『一場討論演講的演講』為名，收錄在他所出版的書籍當中。

「布赫迪厄也曾出版了一本探討電視的小書。這本書實際上是電視節目的書面記錄，所以原來是『一齣討論電視節目的電視節目』。顯然布赫迪厄又要演示他最擅長的反身性思辨，亦即他時時得考慮到，自己在此所提出的任何主張都適用於描述他現在的所作所為。是故，當他劈頭即主張電視節目的形式不利於深入的分析探討時，他就必須回答：那麼他自己又準備藉著電視節目來分析探討些什麼？這麼做又有何意義？於是，這位

反身社會學的提倡者所主持的一齣電視節目就此展開。

　「布赫迪厄指出，電視節目的製作流程使上節目的人失去自主性，討論的主題被指定、發言時間也受到限制，乃至記者們也以獨家與新奇為尚，把自己的品味投射到觀眾身上，要求簡化的煽動性言論，而非嚴格、深入的論證。恰好又有許多學者專家在意的是知名度，為了能夠上節目，隨時都準備接受各種指派、限制與妥協。當然，這一切都是在媒體商業化與市場導向，乃至於政治力的影響下上演。但是，布赫迪厄既然希望學者專家們能夠集體反抗這種傾向，那麼他是否也不應上電視呢？實際上，一方面，布赫迪厄在這個節目的製作上為自己爭取到主題、時間，乃至於內容不受限制的條件，另一方面，他甚至主張：在有利的情況下，藉著上電視來挑戰電視節目的膚淺化趨勢是一種義務。

　「顯然，布赫迪厄對電視節目的分析不受空間、文化的限制，而仍能一針見血地點出台灣叩應節目文化的偏失。但我們毋須急著區辨哪些學者專家是為知名度而頻頻曝光，而又有哪些人是自覺地試圖利用媒體來改變媒體。因為根據布赫迪厄的分析，每個人都想成為自己

敵人的社會學家，以便把對方當成自己的研究對象，進
而恣意地以表面上客觀的事實描述（description），提出
對他人的要求（prescription），進而禁止（proscribe）他
人侵犯自己的地盤。從其象徵鬥爭的觀點來看，無論是
學術研究或新聞報導，都經常操弄著大眾的知與不知，
藉其命名（貼標籤）、分類的象徵權力來決定我們該遺
忘、忽略什麼，左右我們的關注焦點與對事實的認知。

　「目光犀利的讀者想必會問：身為法國學苑社會學
教授的布赫迪厄既然對學術體制多所批判，為何又接受
學術體制的『收編』呢？或者，對學術體制的批判是否
一定得來自學術體制的內部，否則將輕易地被貼上未達
學術研究嚴謹要求的標籤，直接拋進學者們書桌旁的字
紙簍裏？乃至於，對學術體制的批判是否等同於對學術
研究的全盤否定，因而反過來動搖了布赫迪厄自己的學
術權威，甚至他自己的主張呢？同理，在電視節目裏進
行對電視節目的批判，是否只是既得利益者故做姿態的
矯情罷了？抑或，對大眾傳播媒介的批判，是否非得依
賴大眾傳播媒介不可，否則就無以發揮其影響力？

　「其實，無論是論演講的演講，還是論電視節目的

電視節目，都是布赫迪厄反身社會學藉著自覺追求自主的具體展現。在布赫迪厄的其他著作中，對上述質疑都有相當精采的處理。倒是此刻在媒體上曝光的我，也該問問自己正在做什麼？」

　　以上這段文字改寫自2000年我為《聯合報‧讀書人周報》所寫書評的一部分，在這篇書評中談論到的反身性（reflexivity）概念，當然也可以用在這本介紹布赫迪厄的二手書上。我們可以用這個布赫迪厄式的提問當做開始：這本書的作者準備如何歸類布赫迪厄的思想？他想用什麼樣的觀點來凸顯布赫迪厄思想的特色？同理，本文做為這本二手書籍的導讀，又如何來定位這本書籍與其作者？

　　本書作者主要是將布赫迪厄定位為一位將結構主義與馬克思主義擴展至更廣大的文化與社會、經濟領域的思想家。相對於此，我願意與各位讀者分享的是布赫迪厄的思想對我最具啟發性的部分，亦即他有關反身性與反身社會學的見解。換言之，這也意味著我認為此乃這本布赫迪厄思想之二手引介書籍所主要欠缺的。實際

上，布赫迪厄的著作之所以在理路上如此纏繞詰屈，除
了他超越主觀主義與客觀主義的企圖使其論述看似反
覆、矛盾以外，最大的原因就在於其反身性的思考方
式。是故，要引介布赫迪厄的思想，若未著眼於此，則
將是一個不小的缺憾。因此，這篇擺在書後的導讀，其
目的就在於把布赫迪厄思想放置在反身社會學的發展脈
絡來加以定位，做為本書的補充。

知識社會學與反身性

反身性這個概念的浮現與知識社會學的發展密切相
關，而知識社會學觀點的引入，甚至也是社會學徹底化
的肇始。雖然當時的學者並沒有使用這個概念來描述自
己在處理知識分子論題時的處境，但知識社會學的開山
祖師曼海姆（Karl Mannheim）並沒有忽略他的論述與其
自身的關係。然而，曼海姆雖已注意到知識社會學觀點
的引入為知識分子論題所帶來的挑戰，遺憾的是，他卻
急於擺脫知識社會學觀點自我指涉的處境，而想藉由凸
顯知識分子的普遍性來迴避這個問題。因此，曼海姆一

方面極力強調知識社會學的重要性，將其視為人類自我
意識發展之顛峰。他認為所有的思想都有其社會根源與
限制，社會的精神發展是人類群體在社會整體中相互衝
突的反映。而知識社會學則有助於洞察隱藏在各種思想
體系背後之社會位置的影響（Mannheim, 1993: 71,
75）。但在另一方面，他卻深信知識分子可以超越自己
的社會位置所預設的特殊觀點，因而能夠以更寬廣的視
野來觀照整個社會（Mannheim, 1993: 74-77）。其關鍵在
於，知識分子並非處於相同社會位置的一個階級，而是
一個內部按照階級而有進一步區分的多樣化群體。此一
群體也因此有其複雜的群體利益，所以不會受到特定階
級觀點所限；並且，知識分子所從事的文化、精神事
務，也使其得以有機會從他人的觀點來看事情。這雖然
不意味著他們必然會有不同於其他社會群體的行為，但
至少在行動上擁有更大的選擇空間（Mannheim, 1993:
76）。

　　曼海姆雖然試圖徹底地運用知識社會學的觀點，從
知識分子的社會組成來證成知識分子的超然地位，但仍
未能提出絕對的保證，因而只能主張知識分子有別於其

他階級的選擇空間。但既然有選擇，就不再有必然性。知識分子的超然地位也就不再那麼確定。於是，曼海姆不得不回過頭去訴諸道德上的要求來尋求補救。因此，他對知識分子的見解往往落入規範性的談法，常常出現責任、義務、使命等措詞（Mannheim, 1936: 158, 160; 1993: 69, 72, 74, 79-80）。

　　顯而易見地，本來應該著眼於實然面的知識社會學，卻踰越了它的分際。曼海姆的談法不只是對知識分子的描述，也變成對知識分子的規範性要求，更同時是知識分子在權力與權利上對於其他群體的要求。從另一個角度來看，這也是一種禁止其他群體僭越知識分子專屬權威的舉措。由此可見，曼海姆的知識社會學所開展的反身性概念，還有待進一步的徹底化。

反身社會學的開展

　　在社會學的領域裏，反身性這個概念最早是由俗民方法學的葛芬柯（Harold Garfinkel）所提出來的。在葛芬柯的理論裏，這個概念有數個層次的意義。首先，反

身性指的是行動者是有意識地面對這個世界，行動者試圖理解他所面對的情境的意義，並根據他對這個意義的理解，採取適當的回應，而且還留意這個回應對於情境的影響，據此調整自己的行動或是進一步確定情境的意義。換言之，葛芬柯主要是以解明（account）這個舉動來掌握社會行動的核心。在社會當中，每個人都預設了日常生活是有條理的，我們可以根據某些理路來掌握所面對的情境的意義。個人在行動之時，必然會對所面對的情況加以理解，試圖捕捉當下的意義，然後根據這個意義，採取適當的行動來加以回應。而這個回應本身，也參與了這個意義的形成。同時，這整個情境所呈現出來的意義，也做為脈絡襯托出這個回應的意義。亦即，社會行動在參與情境的意義形成當中，也使得這個回應行動本身被放進情境這個脈絡裏，進而反過頭來襯托出此一行動的意義。這裏蘊含了反身性的第二層意義，那就是社會行動自我釐清的過程。

　　葛芬柯在社會學的發展上，最爆炸性的見解之一是他關於反身性的第三層次意義的看法。循著上述的論述脈絡，他主張社會學家也像日常生活當中的一般人一

樣，都是企圖理解日常生活中情境與行動的意義，故而，他主張一般人也都在做社會學（Garfinkel, 1967: vii）。換一個角度來看，他其實也正是尖銳地指出社會學家都是一般人，都在過日常生活。所以，上述所有關於日常生活的分析，都適用於描述社會學家所從事的工作。這是因為他認為，不管是社會學家或是老百姓的活動都是實踐活動（Garfinkel, 1967: vii, 1, 4, 7-9）。因此，社會學家所面對的反身性，還進一步迫使他們不得不把自己的研究觀點加諸在自己身上。這種把研究觀點指向自身的動作，在當時是頗為離經叛道的。所以，俗民方法學的學者們，在美國曾遭到無情的排擠。

　　葛芬柯的理論主要是針對帕深思（Talcott Parsons）的意願性行動理論所蘊含的缺失而來的。帕深思認為社會學的核心問題是「社會秩序如何可能？」的問題，也就是所謂的霍布斯問題（Hobbesian problem）。葛芬柯的俗民方法學是順著帕深思的討論脈絡來著手，而帕深思卻將此一問題從政治哲學的脈絡裏抽離出來，以至於雖然帕深思的社會系統理論也處理了權力的問題，但在社會秩序的解決上，權力因素卻被排除在討論的範圍之

外。因此相關的討論也變成一種抽象的討論，所尋求的
是有關社會秩序如何可能的抽象保證，而不是實際的社
會運作過程。隨之，葛芬柯對於霍布斯問題的處理，也
局限在這個框架之內，而沒有注意到權力因素。此一發
展走向之更根本原因在於，早在契約論者探討社會秩序
如何可能之初，權力就被視為不可能做為穩定社會秩序
的保證。這並不意味著權力在現實社會中不具重要性，
但由於上述框架的限制，與帕深思社會行動理論對話的
傳統，也就往往忽略了權力這個因素。

　　葛芬柯是根據解明在行動者之間所可能產生的效
果，來解答社會秩序如何可能的問題，他主張：行動者
之間相互解明所帶來的交互影響，是形成社會秩序的關
鍵。也就是說，社會成員的行動對於情境的影響，以及
情境對於行動的左右，導致了社會成員之間的相互影
響，進而，在這樣的互動過程當中，社會成員共同地參
與了社會秩序的建構。由於這裏所展現出來的是一個不
斷進行中的動態過程，所以葛芬柯反對涂爾幹（Emile
Durkheim）把社會事實的客觀存在當做社會學的基本原
則。相反地，他主張，社會事實應該被視為是日常生活

協調活動持續不斷的完成，同時也是社會成員所使用的
既尋常又技巧的方法，藉以認知、運用與將此一完成視
為理所當然（Garfinkel, 1967: vii）。

　　無論如何，葛芬柯的說法只是在為社會秩序的可能
性尋求形式上的保證，而未落實到實際社會過程的運作
中。他主張日常生活是有條理的，社會成員的行動是依
據這個條理來理解他所面對的情境。此一理路可以分為
兩個層次，其一是受到社會文化因素影響的道德規則，
其二是深信社會情境必然有條理的認定本身，而此一條
理的內容就是第一個層次的道德規則。例如，我們認定
教室裏的情境是有條理的，因此，我們必須相應於這個
條理決定我們的舉止，然而，在教室裏怎麼樣的行為是
合宜的，卻會由社會文化的差異所決定。葛芬柯處理了
第二個層次的認定對於社會秩序形成過程的影響，但他
並不討論第一個層次的道德規則是如何被塑造出來、其
內容是被什麼樣的社會機制所決定，以及如何被傳遞等
問題，也因而忽略了實際社會過程中權力的影響。相應
地，儘管他已把研究焦點指向社會學家自身，但卻尚未
觸及社會學家何以能占據著超然的地位進行日常生活研

究。反身性的概念並沒有進一步引導葛芬柯去面對知識
與權力的糾葛。也因此，布赫迪厄認為葛芬柯的反身性
是現象學式的，後者所構想的只是一個認知性的主體，
其背後的社會位置也僅止於空泛而一般化的生命歷程，
而非具體的社會位置與權力關係（Bourdieu & Wacquant,
1992: 70-74）。

　　隨後，郭德諾（Alvin Gouldner）也提出了反身社會
學或社會學的社會學的概念。在《西方社會學即將面臨
的危機》（1970）這本書裏，他針對當時美國社會科學
中的激進主義者反理論的傾向，主張他們背負了過多的
道德訴求，以致將光說不做的理論等同於道德上的懦
弱。但郭德諾認為，忽略自我意識的理論將使行動者無
法認識到自身行動背後的預設，其結果不是運用理論，
而是受到意識之外的理論所控制，甚至可能導致陷入自
我矛盾而不自知（Gouldner, 1970: 5）。以此為出發點，
郭德諾進一步把問題指向社會學家自身。他質問什麼是
社會學家？藉此敦促社會學家面對社會學背後的預設。

　　針對什麼是社會學家這個問題，郭德諾更批判社會
學家們往往混淆規範性應然與描述性實然之間的界限，

常以他們應該從事的任務來當做問題的答案（Gouldner, 1970: 25）。其錯誤就如同曼海姆那樣的知識分子從應然面來討論自己的責任一樣。郭德諾指出，這樣的錯誤如果發生在其他的群體身上是可以原諒的，但如果社會學家用他應該從事的任務來回答社會學家是什麼的問題，則會有自相矛盾的嚴重結果（Gouldner, 1970: 25）。這是因為社會學是以個人與社會的關係為其研究對象，卻沒有把社會學家自身也放進社會裏來進行自我了解，不自覺地以為社會學家可以超越這樣的影響。此時，社會學家理所當然地在自己與他人之間劃上一道界限，一方是研究者，另一方是研究的對象；一方是社會學家，另一方是一般人。而他們的研究隨之也自然而然地把自己排除在適用範圍以外。這似乎意味著：其他人是受到社會所影響的，但社會學家則不然。當社會學家強調他們可以輕易地、無可質疑地進行客觀、獨立自主的研究時，此一被視為理所當然的主張本身，就已經由於和社會學的基本預設相違背，因而動搖了社會學自身的解釋力，甚至是社會學與社會學家的存在價值。郭德諾深信，當社會學家認識到這個事實以後，他們將會接受知識社會

學，乃至於社會學的社會學的重要性（Gouldner, 1970: 55）。然而，他也注意到社會學家們常常採取另一種解決上述矛盾的做法，那就是自我隱匿的方法論。這些社會學家們通常採用最高深的研究方法來進行研究，藉此把複雜的社會現象簡化為變項之間的關係，隨之，這樣的現象也必須藉著特殊的測量工具才能加以探究。由於這樣的研究並非一般人所可以理解的，因此，一方面社會學家可以不必面對一般人的認知所帶來的挑戰，另一方面，這裏所蘊含的研究者與被研究者之間的鴻溝，也可以讓社會學家避開這樣的一個事實，那就是他自己也是社會成員的一員，自己也是生存於社會之中（Gouldner, 1970: 55-56）。所以，相對於實證主義的主要關懷在於如何如實地呈現研究對象的面貌，而研究者與研究對象之間的關係往往被誤以為是一種外在性的關係，郭德諾主張：「社會並非外在於社會學家，而是社會學家所熟悉的實踐與日常經驗。」（Gouldner, 1970: 56）這也說明了我們先前所提到的把社會學家的研究活動與一般人的日常生活實踐活動等同、並使用日常生活的實踐方式進行研究的俗民方法學受到排擠的原因。郭德諾

指出，即使研究者以為這樣的做法有助於提高客觀性，並且減低偏見的影響，但卻付出了社會學家越來越缺乏自我認識的代價（Gouldner, 1970: 56）。他在這本書裏針對社會學家獨立自主的意識形態所進行的批判，其目的就在於激發社會學家的自我意識。這不是為了貶抑社會學家追求自主的努力，而是企圖藉著提升社會學家對於環繞其四周的社會力量的認識，使得自主的理想能更徹底地達成（Gouldner, 1970: 60）。

　　由此可見，社會學家所面對並不只是自我界定與自我建構而已，還有自我指涉所帶來的更尖銳的效果。一方面是比葛芬柯所謂的反身性更為具體的反身性；另一方面，也是比前述知識分子論題所蘊含的自我指涉更為迫切的反身性。郭德諾的反身性意味著，社會學家所進行的研究與社會學家在社會中與其他群體的權力關係息息相關。一旦我們從社會學的觀點發現知識與權力之間的糾葛時，社會學知識也無法理所當然地把自己排除在外，否則就形成自相矛盾，動搖了上述觀點的可信度，進而影響了社會學觀點與社會學家自身的存在價值。也就是說，社會學家處於一種由社會學觀點自身所設下的

兩難，他必須在知識與權力結叢的夾縫當中為自己的研究尋找意義，這也意味著他必須為自己做為社會學家的身分給予定位。

知識與權力的糾葛與知識活動的意義

知識與權力的糾葛，這個問題可以說是法國當代思想家最關注的問題之一，從傅柯以降就已經注意到此一問題，而布赫迪厄則更是把這個問題指向社會學家自身來加以處理。

傅柯認為，康德（Immanuel Kant）的哲學為現代哲學立下了兩個批判的傳統，其一是以三大批判為主的真理分析學，其二是追問我們的當下是什麼，以及我們是誰的當下存有論（Foucault, 1984: 50; 1990: 95）。而且這兩個傳統其實是相關的，也就是說，康德在三大批判裏處理了「我們能知道什麼？」、「我們應該做什麼？」以及「我們能夠希望什麼？」等三個問題以後，這些問題其實是歸結到「我們是誰？」這個問題之上（Foucault, 1970: 341）。由此可見，康德所立下的兩個批判傳統，

導讀
皮耶・布赫迪厄與反身社會學

實質上也是指向人類的自我認識。延續著這樣的工作，
傅柯不僅在生命的末期，自我表白地以兩篇討論啟蒙的
文章來說明自己所從事的工作與康德以及啟蒙傳統的關
係，做為自己一生努力成果的註腳。事實上，傅柯長期
以來從事的有關知識與權力的分析，即是以人類的自我
認識為目標。這是因為知識與權力兩者，塑造了主體，
也因而界定了我們，所以，對於知識與權力的分析，也
就有助於了解我們是誰，我們的當下是什麼，而這個問
題正是康德所開創出來的傳統（蘇峰山, 1994: 149）。

傅柯對於知識與權力的分析至少有兩個特色，其一
是關於知識與權力之間的關係。相對於傳統的權力觀把
知識與權力對舉，知識是對真理的追求，而權力則會為
了掌權者的利益而扭曲真實（蘇峰山, 1994: 133）。相反
地，傅柯主張，知識與權力是相互包含的，權力關係總
是有相應的知識領域的建構，而任何知識也同時預設與
構造了某種權力關係（Foucault, 1977: 28）。另一方面，
傅柯的權力理論還反對傳統把權力構想為壓抑性的說
法，傅柯認為權力是生產性的，權力並非以壓抑的方式
來達成其效果，而是藉著生產其作用的對象來產生效

果。這樣的討論主要是針對主體與權力之間的關係來進行，對於傳統壓抑性的權力觀來說，權力不只壓抑知識對真理的追求，也壓抑主體的自我實現。顯然地，這樣構想下的主體，是位於權力之外的本質性主體（蘇峰山，1994: 129-131）。但是，傅柯卻主張主體性不是先在的，也不是超驗的，而是常規化的成果，並且，在這個過程當中，知識也不是權力以外的領域，而是權力設計的結果與工具。知識與權力兩者不僅是不可分的，他們還共同地生產出主體。

　　從反身性的角度來看，傅柯雖然促使我們從知識與權力間的關係認識到我們自身的處境，但也因此，傅柯自己亦必須面對這樣的觀點所產生的自我指涉的效果。換言之，果真如此，知識分子如何為自己的工作定位呢？更明白地說，傅柯自己所進行的研究，難道就可以理所當然地自外於知識與權力的糾葛當中嗎？傅柯對於自己所從事工作的意義自有一番解釋。

　　如同我們所了解，康德企圖藉著批判哲學來為合理的知識立下界限，以免理性淪入幻象與他律，因此，康德希望藉著對人類認識能力的分析來為理性訂下規約性

的原則。而傅柯一方面把歷史的面向引進人類的自我認
識當中，因而完成了一系列考古學與系譜學的作品；另
一方面，他卻把康德對於必然限制的討論，轉變成對於
可能踰越的探究，也就是探索必然性的當代極限、找出
什麼不是或者不再是我們不可或缺的構成要素（傅柯，
1988: 27）。他認為，所謂批判，就是站在邊界上，進行
對於界限的省思，相較於康德希望釐清我們必須放棄踰
越什麼樣的界限，傅柯主張，我們應該更積極地尋找可
能的踰越。同樣地，這兩件工作也是相關的，傅柯批判
的目的不再是尋找普遍性的形式結構，而是對那些引導
我們建構自身為行為、思想與言說的主體的事件進行歷
史研究。因此，這樣的批判不是超驗的，目的也不在於
構作一個可能的形上學，相反地，這個批判的構想是系
譜學的，而方法上則是考古學的——把我們的現況當做
歷史的產物來處理，並且，嘗試從歷史的偶然性中，尋
找其他的可能性（Foucault, 1972: 85; 1984: 45-46)。也就
是說，由於認識到知識與權力之間的糾結關係，傅柯已
經放棄了對確定的基礎以及體系的尋求，以避免自己也
淪入這樣的糾葛當中（Foucault, 1972: 86）。他所選擇的

是，藉著此一批判性自我存有論來對我們所受的限制做
歷史分析，並進而實驗超越這些限制的可能性（傅柯，
1988: 34）。

　　儘管布赫迪厄與傅柯對於理性與科學抱持著不同的
態度，但順著傅柯所開展出來的知識與權力間關係的分
析，布赫迪厄以此進一步討論社會學家以及知識分子的
處境。布赫迪厄認為社會學的研究主題是個人與制度的
關係（Bourdieu, 1990: 177）。相對於傅柯把社會世界視
為不斷的戰爭，布赫迪厄則把社會構想為遊戲，任何的
遊戲都必須要求參與者全心全意地投入遊戲當中，依循
遊戲規則，運用手中的籌碼，爭取遊戲當中所蘊含的賭
注。而制度既是遊戲規則自身，也是確保遊戲規則不被
反省的工具。一旦遊戲規則受到反省，人們將會從遊戲
當中脫離出來，進而發現遊戲中的種種武斷的規定，並
開始衡量參與遊戲的必要性，以至於無法保持天真無邪
的遊戲態度（Bourdieu, 1990: 87, 177; Bourdieu &
Wacquant, 1992: 98-100）。

　　布赫迪厄認為社會學，乃至於所有的科學活動，也
都是制度的一種，但因為社會學本身就是對於人與制度

之間關係的省思,故而,社會學對於所有其他制度與個人關係的討論,也都適用於描述社會學與社會學家自身(Bourdieu, 1990: 177)。然而,有許多社會學家卻沒有意識到這一點,輕易地將自己排除在社會學的解釋之外,進而以科學之名採取一種至高無上的俯瞰姿態來觀察社會生活。布赫迪厄主張這一類社會學家的舉動,就如同古時候的君王或是羅馬的護民官一樣,擁有劃定界限的權力,甚至是在理念上與現實上建構真實。他認為,這樣的角色倒是比較類似於法官,而不是學者(Bourdieu, 1990: 179-182; 1993: 42, 52; Bourdieu & Wacquant, 1992: 70-71)。

　　布赫迪厄指出,事實上社會遊戲所爭奪的賭注之一,就是這種為別人劃定界限的權力。亦即,做為社會學家研究對象的社會世界,本身就充滿了關於這種權力的鬥爭。每個人都希望成為劃定界限的主體,而把他人當做對象來強加正當的界限在他們身上。用布赫迪厄的話來說,每個人都希望成為他的敵人的社會學家(Bourdieu, 1990: 193; 1993: 50; Bourdieu & Wacquant, 1992: 67-68)。在這個過程當中,對事實的描述,也同時具有

對現實形成要求與禁止踰越界限的力量（Bourdieu, 1990:
182）。此外，如果我們進一步研究上述社會遊戲的實
質，將會發現，藉由語言、文字等象徵符號所進行的象
徵暴力，實際上在遊戲當中扮演著極為重要的角色。由
此可見，知識分子或社會學家所從事的研究工作，極其
容易就涉入爭奪壟斷呈現社會世界之正當權力的遊戲當
中。

　　進一步來說，布赫迪厄認為，百姓日用而不自知的
常識（doxa）對於社會世界的順利運作有著極為重要的
作用。此一見解延伸自前述制度能夠確保社會遊戲進行
的分析。相對於常識，則是論述（discourse）的空間，
或是意見（opinion）的領域。在其中，不同的論述相遭
遇、相競爭，以便追求劃定界限的正當權力。這個存在
於常識與意見之間的界限本身，也是社會權力遊戲爭奪
的賭注。一旦被宰制者擁有了足夠的物質與象徵武器來
對抗強加於他們身上的定義時，遊戲的焦點就落入了意
見的領域當中，也就是正統（orthodoxy）與異端
（heterodoxy）之間的衝突。在這個過程當中，正統的功
能就在於對抗異端的挑戰，致力於恢復日常生活原來的

天真無邪狀態（Bourdieu, 1977: 159-171; 1993: 51）。這
樣的說法，也呼應了傅柯所謂的知識與權力的糾葛。而
知識分子或社會學家的論述對於社會之意義，也就因而
不只是客觀的描述而已，相反地，這些論述常常自身就
是社會鬥爭的一環。

　　如同布赫迪厄所明白指出的，這樣的分析其實適用
於社會學與社會學家自身，那麼，接下來的問題是，一
旦我們認識到上述的分析所蘊含的反身性，社會學家如
何理解自身的研究工作呢？顯然地，這樣的疑難是所有
對理性或是科學活動研究提出批評的學者們所必須解決
的問題。但這並不意味著我們必須放棄科學研究，而是
必須藉著這樣的自我反省來了解科學研究的限制。當
然，布赫迪厄並不一廂情願地認為對限制的思考就可以
使我們毫無限制地思考，他反對如曼海姆一樣理所當然
地認為知識分子能夠超然地思考，並批評這樣的想法只
是絕對知識或是普遍理性的替代品，是過於天真的想
像。布赫迪厄強調，這些科學社會學、知識社會學以及
社會學的社會學的進展，可以增加我們對於社會學思想
背後的社會因素的認識，因而，也使我們能夠更有力地

批判這些因素的影響，藉此，社會學也能夠不斷地成長
（Bourdieu, 1990: 184,186; Bourdieu & Wacquant, 1992: 43-
44）。

　　總之，反身性促使我們正視自身的限制，但這不是
指接受限制，而是從具體的社會學觀點來認識限制，了
解這些限制的歷史、文化根源。在這個過程裏，一方
面，我們會認識到自己當下所受到的限制，以及自身之
所以是如此的原因，使我們可以避免不自知地超越自己
能正當地述說、行動的範圍，也就能讓我們更謙遜；另
一方面，也可以藉著了解必然限制的不必然性，也就是
這些限制的歷史與文化根源，使我們找到不必然如此的
可能性。無論如何，從前述的討論裏可以確定的是，有
意識地行動本身就是極重要的，而這也是反身性這個概
念最基本的內涵。用韋伯的話來說，這意味著我們能更
清明（self-clarification），所謂清明就是指自我了解，而
自我了解不就是長期以來人類文明所戮力從事的工作嗎
（Weber, 1969: 152）？這也是韋伯（Max Weber）認為學
術研究最重要的意義之一。

　　反之，如同郭德諾、布赫迪厄所指出來的，就知識

分子或是社會學家而言，缺乏自我意識的理性，往往造成更大的獨裁與傷害。也正如郭德諾所說的，實證主義蘊含的社會學家與老百姓的鴻溝，導致社會學家付出欠缺自我反省的代價，因而忽略了知識社會學與反身社會學的地位。而扮演著社會學的自我反省之社會學理論，也就成為這個結果的祭品，伴隨著這個現象而來的資源配置，其實也讓我們見識到社會學內部知識與權力之間的糾葛。反身社會學所凸顯的知識與權力之糾葛，不是外在於社會學家與社會學知識的現象，相反地，這個現象也存在於社會學內部。甚至本文的目的也一樣必須被放在這樣的觀點下來理解，也就是說，本文也是企圖運用理論思考來反省社會學自身，藉以確立社會學理論在社會學中的地位。

參考書目

Bourdieu, P.

1977 *Outline of a Theory of Practice.* 台北：雙葉（翻印）。

1990 *In Other Words: Essays Towards a Reflexive Sociology.* Stanford: Stanford University Press.

1993 *Sociology in Question.* Tr. by Richard Nice. London: Sage Publication.

Bourdieu, P. & J. D. Wacquant

1992   *An Invitation to Reflexive Sociology.* Polity Press.

Foucault, M.

1970   *The Order of Things.* New York: Pantheon Books.

1972   *Power/Knowledge: Selected Interviews and Other Writings, 1972-1977.* ed. by C. Gordon. The Harvester Press.

1977   *Language, Counter-Memory, Practice: Selected Essay and Interviews.* Cornell University Press.

1984   *The Foucault Reader.* ed. by Paul Rabinow. New York: Pantheon Books.

1990   *Politics, Philosophy, Culture: Interviews and Other Writings, 1977-1984.* ed. by L. Kritzman. London: Routledge.

Garfinkel, Harold

1967   *Studies of Ethnomethodology.* New Jersey: Prentice-Hall Inc..

Gouldner, A. W.

1970   *The Coming Crisis of Western Sociology.* New York: Basic Books, Inc..

Mannheim, K.

1936   *Ideology and Utopia.* New York: Harcourt, Brace and Company.

1993   "The sociology of intellectuals," *Theory, Culture and Society* 10: 69-80.

Weber, Max

1969   *From Max Weber: Essays in Sociology.* Trs. and eds. by H. H. Gerth & C. Wright Mills.台北：虹橋（翻印）。

Miller, James

1995   《傅柯的生死愛慾》。高毅譯。台北：時報。

傅柯

1988   〈傅柯：論何謂啟蒙〉。薛興國譯。收於《思想》。台北：聯經。

蘇峰山

1994   《派深思與傅柯論現代社會中的權力》。台大社會學研究所博士論文。

國家圖書館出版品預行編目資料

布赫迪厄社會學的第一課 / 朋尼維茲（Patrice
Bonnewitz）著；孫智綺譯. - - 初版. - - 臺北
市：麥田出版：城邦文化發行, 2002 [民91]
面； 公分. - -（麥田人文；55）
譯自：Premières leçons sur La sociologie de
Pierre Bourdieu
ISBN 957-469-921-8（平裝）

1. 社會學－研究方法

540.1   91000201

城邦文化事業(股)公司

100 台北市信義路二段 213 號 11 樓

- -

請沿虛線摺下裝訂，謝謝！

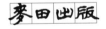

文學 · 歷史 · 人文 · 軍事 · 生活

編號：RH1055　　書名：布赫迪厄社會學的第一課

 **讀者回函卡**

謝謝您購買我們出版的書。請將讀者回函卡填好寄回，我們將不定期寄上城邦集團最新的出版資訊。

姓名：_____　電子信箱：_____

聯絡地址：□□□_____

電話：(公) _____　(宅) _____

身分證字號：_____（此即您的讀者編號）

生日：___年___月___日　性別：□男　□女

職業：□軍警　□公教　□學生　□傳播業
　　　□製造業　□金融業　□資訊業　□銷售業
　　　□其他_____

教育程度：□碩士及以上　□大學　□專科　□高中
　　　　　□國中及以下

購買方式：□書店　□郵購　□其他_____

喜歡閱讀的種類：□文學　□商業　□軍事　□歷史
　　　　　　　　□旅遊　□藝術　□科學　□推理　□傳記
　　　　　　　　□生活、勵志　□教育、心理
　　　　　　　　□其他_____

您從何處得知本書的消息？（可複選）
　　　　□書店　□報章雜誌　□廣播　□電視
　　　　□書訊　□親友　□其他_____

本書優點：□內容符合期待　□文筆流暢　□具實用性
（可複選）□版面、圖片、字體安排適當　□其他_____

本書缺點：□內容不符合期待　□文筆欠佳　□內容平平
（可複選）□觀念保守　□版面、圖片、字體安排不易閱讀
　　　　　□價格偏高　□其他_____

您對我們的建議：

_____